文芸社セレクション

出逢い

～いつか貴女に伝えたい。この奇跡と感謝の気持ちを～

館野 伊斗

TATENO Ito

JN179240

文芸社

出逢いを重ね
刻を重ね
私はようやく、あなたに出逢いました。

目次

1. 挫折

4月――。

季節は緩《ゆる》やかに、冬から春を迎えていました。

全ての植物が枯れ果て、荒涼と、色褪せた景色がこのまま永遠に続くと思われた世界に、いつからか大気に暖かさが混じるようになり、緑が芽吹き、土より生命が現れ出《い》でました。

田畑には菜の花が満開に咲き乱れ。

桜の木々は世界を桃源郷のように染めあげて。

嫋嫋《じょうじょう》と吹く春の風と共に、うっすらと桃色に染まる花びらがひらひらと宙を舞い、地面に淡紅色の絨毯《じゅうたん》を形作ります。

桜の花弁が舞う道を私は、暖かな日差しを浴びながら歩いていました。

この降り注ぐ陽光のように私の心情は晴れやかで、今日から中学に進学し、新たな環境でこれから始まろうとしている学園生活に、私は不安よりも期待に胸を膨らませていました。

何かを始める。

何かが始まる。

そして自分は何でも出来る。

そんな根拠の無い自信に、私は満ち溢れていたのです。

◇◇◇

校門をくぐり玄関ホール前の中庭まで行くと、そこに人だかりが出来ています。皆が見つめる掲示板には、クラスと新入生の名前が書かれた学級編成の大きな紙が貼られていました。

よく知る名前が揃っています。1年前に分校となり、山下小学校という新校舎へと分かれていた友人達の名前もありました。私が住んでいる地区は新興住宅地で、児童数が増えたため、昨年から山の上の団地組と、麓の住宅組に小学校が分かれていたのです。

自分のクラスを確認すると、私は玄関をくぐりました。

私はまず自分の下駄箱を探し出してそこに靴を入れ、下ろし立ての上靴を手持ち袋から引っ張り出して履きます。新品の靴に少し大きめの真新しい学生服。新鮮な気持ちで綺麗に磨かれた廊下を進み、私は先程確認した教室を探しました。

しかしなかなかクラスが見つかりません。

1年の教室は校舎1階にあると思うのですが、私の教室がありません。掲示板には1－

4に私の名前はありました。しかし何度確認しても3組までしか教室が無いのです。

「ヤマ！」

後ろから声を掛けられ、私は振り向きました。

「おー、ケンジ。もう来とったんか」

幼なじみのケンジが立っていました。ケンジとは幼稚園からの付き合いです。

「教室が判らんのじゃろ。こっちじゃ」

そう言うと、ケンジは先導して歩きだします。階段を上るのかと思いきや、その脇を通り、グラウンドへと続く扉の方に向かいました。

(何？　そっちは外じゃろ？)

疑問に思いながらもケンジに続いて外へ出ます。

扉の外には校庭へ続く通路があり、一段下がった場所にプレハブ小屋がありました。2校の生徒が入学してきたため、急遽プレハブ校舎が作られたようです。

面白い。どうやらこれが私の教室らしいのです。

通路を通って階段を降りると、そのプレハブ校舎には教室が2つありました。4組と5組。校庭に近い奥の方が4組でした。

「じゃあ、俺5組じゃけん。またな」

「おう」

ケンジが教室に入って行くのを見ながら私は5組の前を通り過ぎ、奥にある4組の教室の扉をくぐります。教室には既に数人の生徒が来ており、私は小学校時代の友人を見つけ、駆け寄りました。

「おはよーヤマ」

私に気付いた友人が声を掛けてきます。

「座席決まっとるぞ。黒板に貼ってあるで」

確かに黒板には座席表が貼られており、私は自分の座席を確認すると、席に鞄を置いて友人の元に戻りました。

生徒達は次々に登校してきます。

不安そうな顔、嬉しそうな顔様々に。

友人達と話していると、黒い礼服に身を包んだ中年の男性が教室に入ってきました。服の胸には白くて大きな造花が付けられています。

「はい、みんな席について～」

そう生徒達に声を掛けながら教壇に立ったのは、髪を七三に分けた目の細いおじさんでした。どうやら彼が私の担任のようです。

私達は急いで移動し、ガタガタと音を立てながら席に着きました。

教師は教室内が静かになるのを見計らい、

「皆さん入学おめでとうございます。このクラスを担任する……」

先生は背を向け黒板と対峙すると、白墨を掴んで大きな文字を書き始めました。

「みーなーみ……」

静かな教室にカッカ、カッカと白墨が黒板を叩く音が木霊《こだま》します。

「こーのすけ……」

皆見先生は黒板から振り返り生徒を見渡しながら、

「――と言います。担当は国語です」

生徒達はまだ緊張しているのか、先生の話を静かに聞いています。

「今日から1年間よろしくお願いします。この後入学式ですが～、皆さんにまず、これから始まる学校生活について、この言葉を贈《おく》りたいと思います」

そう言うと先生は黒板の方を向き、自分の名前を消した後に大きく文字を書きました。


『一期一会』


黒板にはそう書かれていました。

「先生から最初の宿題です。この言葉の意味を調べてみて下さい。さあ、入学式が始まるので体育館に移動しますよ～」

いっきいっかい？　この学校では、一学期に一回、何かしらの会が開かれるのだろうか……。二学期に行われる運動会のように。

文字を見つめながら、私は教室の外へと向かいました。

私がその言葉の意味を本当に理解するのは、かなりの刻を経《へ》た後のこととなります。

◇◇◇

入学式を終えた次の日から私の本格的な中学生活は始まり、新たな事への挑戦に渇望していた私は、早速行動を起こしました。

クラス委員長に立候補したのです。

小学校6年間は毎年クラス委員長になっていましたが、全て推薦でした。自ら立候補したのは初めてです。他に立候補者も無くそのまま承認されました。

これまでは、私が誰とも争わず、我《が》を押し通すような性格では無かったため推薦されていたのかもしれません。でも今回は自分からやってみたいと思ったのです。

今思えばこれまで保ってきた調和を自ら壊したことが、全ての始まりだったのかもしれません。


その日の授業が終わり、放課後になりました。

次は部活です。何か熱中出来ることを見つけたかったのです。

小学校に上がる頃から私は、放課後は毎日友人達と野球ばかりしていました。ですが高学年時に地区の少年野球部に入った際の大事な場面でのエラーがトラウマとなり、野球は諦めていました。

ところが代わりにと狙っていたバスケは、部自体がありません。

そんな時、クラスメイトの誘いでバレーボール部を見学に行きました。彼の兄がバレー部キャプテンで、入部希望者を連れてこいと言われたそうです。

体育館ではバレー部員が練習開始前の個人練習をしており、アタックをする部員を見て、バレーもなかなか面白そうだと思いました。背の高い私にとって、バレーは有利なはずです。


「ヤマぁ！」

体育館入り口で練習を見学していると、私の名前を呼ぶ女性の声が聞こえてきました。

「どしたん《どうしたの？》。なーんしょーるん《何してるの》？」

後ろに瀬名先輩が立っていました。

瀬名先輩は育った地区が同じで、活発で背が高く目立つ為、地区の子供会などを通じて顔見知りでした。１年前に先輩が中学に行ってからは接点が無くなりましたが、久しぶりに見る先輩は雰囲気が変わっていました。

明るく染めた外巻きの髪に、長いスカート。両腕の袖は肘まで捲《めく》られています。同級生の女子とは違う年上の「女性」という雰囲気を纏わせていました。

昔から大人びた顔だとは思っていましたが、小学生の頃とは全くの別人です。

美人に声を掛けられただけでも嬉しかったのですが、それよりも私のことを覚えてくれていたことに喜びを覚えました。

「バレー部に入るん？」

「う～ん、迷うとる」

「入りんさいよ～。私もバレー部じゃけん！」

じゃね～と言いながら、先輩は体育館の女子バレー部部室の方へ歩いて行きました。

瀬名先輩はバレー部だったのか……。バリバリのスケバンで美人でスポーツも出来る。

――無敵じゃあ。

私は入部を決めました。

◇◇◇

スタートは上々のようでした。

授業もさほど難しくはなく、クラスの皆とも次第に仲良くなりました。

しかし小学校の時と何か違うのです。

皆が自己主張激しく目立とう精神を発揮し、特に一年前に別れた友人達の変貌ぶりには驚かされました。何かを始めたいと思っているのは私だけではなかったのです。

更に巷《ちまた》ではツッパリが流行《はや》っていました。

小学校時に控え目だけが取り柄だった女の子は丈の長いスカートを履き口調が荒くなり、

男達は何かにつけ小競り合いを起こします。皆、舐められることを恐れていました。

胆力の競い合い。

意地《プライド》のぶつかり合い。

男共は一目置かれるため、誰もが認める男となるために精力を注いでいました。プロレスごっこで腕ひしぎ逆十字を決められても降参せずに骨折する奴もいるほど。

私は今の自分に特に不満も無かったので、自ら争いを起こすようなことはせず、自然体で生活していました。いや……生活できていたという方が正しいでしょうか。

私は小学校時代にそれなりの学業成績を修めていたことや毎年学級委員長をしていたことで、それなりの個性《キャラクター》として認識されていました。それと怒らせると怖いという噂も広まっていたかもしれません。

小学生時代に私は、学年一の猛者《もさ》である鬼崎と喧嘩したことがありました。恐らく鬼崎に喧嘩を売ったのは私が初めてです。先《ま》ず、体格が大きく力が強い鬼崎に挑もうとする者がいませんでした。当時学級委員長をしていた私は、私の注意を全く聞かず莫迦《ばか》にした鬼崎に殴り掛かっていったのです。絶対に暴力的手段は選ばない、と、その可能性がある、とでは全く違ったようです。

幸運にも私は、比較的幸せな学園生活が送れており、部活に所属したことで、サッカー部や野球部の友人も出来ました。

私はこの中学生活が、たとえ進級して環境が変わっても、ずっと続くと思っていたのです。それどころか今以上の幸せが得られるという慢心に陥っていました。

レクレーション授業の際。

机を後ろに下げ、椅子を環状に並べて生徒全員が座っていました。担任がゲームの解説を行っています。私は副委員長が真向かいに座っていることに気付きました。副委員長は頭が良く、お淑《しと》やかで、このクラスでは一番可愛い顔立ちをしていました。

（彼女が私のことを好きになってくれたらどれほど嬉しいだろう）

そんなことを考えながら私は、副委員長を見つめていました。

先生を目で追っていた副委員長と目が合います。私が副委員長の目を見つめ続けると、彼女は頬を赤らめ、それから慌てた素振りを見せて視線を逸《そ》らせました。

私は元来惚れやすい体質《たち》で、幼稚園の頃から毎年好きな女の子が出来ていましたが、相手に好きだと伝えたことはありませんでした。

中学生になったのだから、女の子と付き合うことも変では無いだろう。相手は副委員長が望ましい。先程の副委員長の反応を見れば、望みは有りそうだ。

慢心に陥っていた私は、そんな邪《よこしま》な心を抱いたりもしたのです。

◇◇◇

平穏な日々を送る私でしたが、初めて経験する不慣れな球技と部活動は厳しいモノでした。

部室に行くと先ず栄養補給です。部活を始めたからか成長期だからなのか、夕方には腹が空くのです。男どもは毎月給食献立表が配布されると、何日のこの食材やパンをくれ、と女子にお願いして回り、特に納豆は嫌いな人が多く、大量に入手できました。

それから先輩達が来る前にネットを張り、トスの練習を同級生と行いますが、オーバーはなかなか思う位置に行かず時に突き指し、アンダーは腕の角度が悪いと骨に当たって痛く、正しい場所に当てても皮膚が内出血を起こしました。

それ以上にきつかったのが練習本番中続く直立不動での声出し。

ずっと立っているのがこんなに辛いとは思いませんでした。足に血液が溜まり充血して痛いのです。新入部員は見てプレーを覚えるしかないのですが、とても集中して見ることが出来ません。球拾い時には少し動けて解消するのですが、自分の方向に飛んできた時だけで部員数も多い為ごく稀です。

しかし頑張った分だけ相応の見返りがあると実感できる場所でした。練習すれば技術が上達し、チームメイトとコミュニケーションを取ればそれだけ居心地がよくなるのです。

隣では女子バレー部が練習しており、瀬名先輩が汗にまみれて躍動する姿にしばしば目を奪われますが、よそ見をしているとボールが顔面を襲う可能性があります。あまり見る機会はありませんでしたが、それでも顔は覚えます。女子では吉田先輩が一番上手いようでした。

男子バレー部の監督は厳しく、練習中は何時も怒鳴っており色黒で顔も厳《いか》ついのですが、髪が薄いため、皆からは密かに「ケビン」と呼ばれていました。毛が貧乏ということで。名付けたのは2年のサンチ先輩。サンチは何時も莫迦《ばか》なことを言っては皆を笑わせていました。背は低いですが運動神経が良くチームのムードメーカーで、体育館には何時もサンチの豪快な笑い声が響いていました。しかし只の盛り上げ役ではないのです。練習で一番過酷な個人レシーブ練習。ケビンは前後左右にボールを振り、時にはコート外まで走らせ、またアタックを打ちます。それを全てレシーブしなければならないのです。サンチは全てのボールに食らいつき、通常10分程でへばって動けなくなるところを、ケビンの「もう終わりか！」の怒声に意地を見せ、40分間続けました。そんな根性とユーモアを持ち合わせるサンチは、一番上手い星野先輩より後輩に慕われていました。

腕の内出血が出なくなった頃、季節は初夏を迎え、3年生は引退しました。初めての学期末試験を受け夏休みとなり、部活の方は新入部員も一通りの練習に参加するようになって、厳しさを増しました。

プライベートでも変化がありました。両親が家を買ったのです。これまでは借家の一軒家でしたが、中古ながらマイホームに暮らすことになりました。場所も同じ校区内なので転校する必要もありません。母は早速一階部分を改装し、自宅に美容院を開きました。母は元々美容師でした。

友人の大半は部活で一緒だったので、引っ越した後も下校時は友人と一緒に帰れました。

もう一つ良い点は、副委員長の家と近くなったことでした。

もしかしたら、帰り道に一緒になるかもしれない。

淡い期待を抱きながら、私は新学期を迎えました。

苦難の始まりとは知らずに。

＝＝＝＝＝＝＝＝＝＝＝＝＝＝

「ヤマ」

ある日、クラスの女子が話しかけてきました。

彼女は中学になってからヤンキーの仲間入りを目指している元地味少女。長いスカートがまだしっくり馴染んでいません。後ろには仲間が二人いました。

「ちょっと顔貸して」

そう言って彼女達は無言で教室の外へと歩き出し、有無を言わせず私を教室の外に連れ出します。私には彼女達に呼び出される理由に全く思い当たる節《ふし》がありませんでした。普段接点が無いのです。

校舎から出て、遂には体育館の裏まで連れて行かれるとそこには、このグループのリーダーである坂下が立っていました。

私は坂下の正面に立たされます。

（何が始まるんだ？）

前に立つ坂下は下を向いています。

「何の用？」

私は坂下に尋ねました。しかし彼女は下を向いたまま視線を合わせようとしません。

「坂下ぁ」

仲間の女が促すように声を掛けます。

ゆっくりと坂下は顔を上げました。微かに顔が赤らんでいます。

そしていきなり予想外なことを口走りました。

「私と……、付き合うてくれん？」


それが私に向けた告白だと気付くのに、少し時間を要しました。あまりにも意外な人物から発せられた意外な言葉だったからです。生まれて初めて受けた告白でした。

しかし坂下が私を好きになる理由が分かりません。教室でもあまり話した記憶が無いのです。思い当たるのはこの前の音楽の時間、縦笛の試験で彼女と二重奏をした際、坂下が演奏につまずいた時に私も演奏を止め、「いち、にい、さん、はい」と音頭を取ってやったぐらいのことです。そのくらいで好きになるものでしょうか？

彼女が好いてくれた原因を考えるよりも、私は彼女へ返事をしなくてはならないことに気づきました。

告白は嬉しいです。しかし相手は修行中とはいえヤンキー。ブスではありませんが、付き合うとして果たしてどう付き合えばいいのか。私は坂下と付き合うイメージが湧きませんでした。小学校からの付き合いなので、坂下が男勝りで口が達者なのは承知しています。付き合うことになれば、いずれ私が尻に敷かれるのは目に見えていました。

それに副委員長のことが好きな私は、この告白を受け入れることは出来ません。

私は「今はまだ誰とも付き合う気が無い」と答えました。

これで副委員長と交際することも諦めなければなりません。断ってから数日も経たぬうちに副委員長と付き合う事になりにでもしたら私は嘘を付いたことになりますし、この軍団がその時どんな嫌がらせに出るか不安でした。他に好きな人がいると答えることは恥ずかしくもあり、もしかすると誰なのかと問い詰めてくるかもしれません。私の不用意な発言で副委員長まで巻き込むことは避けたかったのです。

「そう」

私が小さなパニックに陥っていると、坂下はそう言って踵《きびす》を返し去って行きました。慌てて仲間も続きます。

残された私は、彼女達の姿が見えなくなると、教室に戻ることにしました。

歩きながら後悔の念が浮かびます。告白されたことは嬉しかったのですが、これで私は誰とも付き合えない羽目に陥りました。

しかしそれ以上に、この出来事が私の人生の分岐点になろうとは思いもしませんでした。

◇◇◇

数日後。

私は何時ものように登校し、教室に入ると皆に挨拶を交わしながら自分の席へと向かいました。

（ん……）

机に文字が書かれてあります。小さな字が机の隅に並んでいました。

私はそれを読みました。

何度も。

（かっこつけんなよ）

（キザ男）

女の字体で机にそう書かれていました。


頭が真っ白になりました。

鉛筆で書かれた文字を私は慌てて手で擦り消し、そして周りを見渡します。

この落書きに気付いている者はいないようでした。

（坂下を振ったせい？）

しかし彼女はあの後に会った時、「ごめんな」と言う私に笑顔で「うん」と答えていたのです。誰が書いたのか思い当たる人物がいません。しかし字体と文章は女子のモノに違いないです。やはり考えられるのは坂下のグループしかいないと思われましたが、証拠は何もありません。

急に私は「女性」という存在《モノ》に恐怖を覚えました。

男と喧嘩になる場合、相手は目の前にいます。その理由も。

ところが私に悪意を向けた相手が判らないのです。

女だとしか。

その原因も意図も見当が付きません。判ったのは私が女子から嫌われているということ。

これまで特に苦手なモノが無かった私は、これで女性恐怖症という弱点を持つ事となりました。

それはそのまま私に「挫折感」と「自信喪失」をもたらしました。

私が中学に入学して行ってきた行動一切が「恥」に思えました。

この落書きは、書いた本人の予想以上の効果を私にもたらしたのです。

自分に自信を失ったまま、私は2年に進級しました。

＝＝＝＝＝＝＝＝＝＝＝＝＝

進級したことで、クラス替えが行われました。

クラスのメンバーを見て驚きました。昨年の各クラスの猛者《もさ》が全員揃っているのです。

鬼崎。雅也。不動。鮫島。東郷。石田。葛城等々。

けして彼らは不良《ワル》ではありません。存在感と威圧感だけで各クラスを仕切っていた連中が、このクラスに総勢集まっていたのです。

1年前の私なら何とも思わなかったかもしれません。しかし心理的トラウマを抱えている私は、1年間この連中と付き合う気力を失っていました。

教室に入ると、1年の時とはクラスの雰囲気が違います。

四角い空間の中に、明らかに雰囲気の違う隔離された一角が感じられ、そこにはボンタンに短ランを着た連中が集まって談笑していました。

猛者達は早速集まっていました。

一見雰囲気は和《なご》やかですが、きっかけがあれば何か起こりそうな緊張感が漂っています。

鬼崎は圧倒的にパワーが違いました。

身体が大きく、加えて全身の筋力が常人離れしています。それは昔からですが、更に迫力が増しています。野球部に所属し、豪快な性格とごつい顔つきもあって常人には近寄り難《がた》い男です。今の彼に喧嘩を売るという無謀なことは出来ません。

雅也はハーフのような整った顔をしており、明らかな校則違反のパーマを当ててリーゼントにし、小粋な男です。部活に所属してはいないのですが運動神経は良く、体格は平均的なのですが常に気合いが入っており、誰に対しても迫力と言葉だけで押し勝っていました。圧倒的に腕力が強い鬼崎に対してもです。加えて笑いのセンスも持ち合わせており、頭の回転が速いのです。


それ以上の存在が不動。

不動は6年の時に大阪から山下小学校に転校してきたため、小学校時代の彼は識《し》りませんが、貫禄だけで相手を威圧します。

服の上からでも隆起した筋肉が見て取れ、確実に喧嘩も強いと思われますが、その前に誰も喧嘩を売ろうとはさせない雰囲気を持っていました。

彼も野球部ですが、五輪刈りと日焼けした顔が精悍です。

鮫島は丘の上団地より更に上に登った位置にある高崎地区の大将なのですが、他の猛者メンバーと慣れ合うつもりは無いようでした。猛者軍団とは離れた場所に高崎軍団と共にいました。

雅也も高崎地区ですが猛者軍団の中にいました。

高崎地区には宇神という男もいました。

吹奏楽部で成績も良いのですが、雅也と付き合いが長く、また頭の回転が速いせいか猛者軍団に上手く溶け込んでいました。

その他にもサッカー部次期主将候補であるリーゼントの東郷。テニス部の石田。皆、強《つわ》者《もの》で強烈な個性の持ち主ばかりでした。

この学年では不良よりも野球部を筆頭に運動部の方が強かったのです。

そして何より、私と仲のいい友人が、このクラスには一人もいませんでした。

◇◇◇

担任の三輪先生が教室に入ってきました。実に大人しそうな先生で、とてもこの猛者軍団を纏《まと》める力を持っていそうにありません。

教師は一人ずつ前に出て自己紹介をしろと言いだしました。しかも自己紹介の最後には、2年生になって頑張ろうと思っていることを言うという条件が付きで。

〝何かウケることを言わなくてはならない。〟

私はそう思いました。

最初が肝心。このクラスでやっていくためには、何か皆の関心を得ることを言わなければ。そうだ、頑張ることは勉強だと言えばどうだ？　誰も自ら進んで勉強を頑張りたいなど思っていないはずだ。たとえ思っていてもそれを言う奴はいない。莫迦《ばか》なことを言う奴だと笑いが取れるかもしれない。

そう考える私に順番が回ってきました。名前や所属部活を言いながら、次第に緊張してきます。私は意を決しその一言を放ちました。

「頑張ろうと思っていることは、勉強です」

おー……という感嘆の声が上がりました。

え？

この反応は予想していませんでした。

皆には私が本当に勉強を頑張ると思われたようです。つまり実際に勉強をしそうな私では、冗談に聞こえなかったのです。

関心は得たかもしれませんが、好感度は失ったのかもしれません。

思惑が外れた私は席に戻りました。皆に冗談と思われなかったということはつまり、本当に勉強しなければならなくなりました。

私と入れ替わりに雅也が自己紹介を始めました。そして最後に彼は大真面目な顔でこう言ったのです。

「頑張ろうと思っていることは、勉強です」

クラスは爆笑に包まれました。

やられました。

やはり役者が違います。私は完全に前振りに使われた形となりました。しかも嫌みなところが全くありません。私をからかっている素振りも無く、去る時も真面目な顔です。その顔を見て猛者軍団が更に大笑いします。

それでも雅也は表情を変えません。言ったことが本心なのか、冗談なのか表情から読み取れませんでした。

クラス委員選出も猛者軍団が仕切りました。クラス委員長には雅也が立候補し、そのまま当選しました。他の委員も奴らで占められ——。

僅か半日でクラスは彼らに乗っ取られました。

◇◇◇

通常授業が始まりましたが、休み時間が来る度に私は肩身の狭い思いをしていました。居場所が無いのです。

私は今までクラス委員長といったような、クラスのまとめ役的立場を確立していました。クラスの皆がクラス委員長に期待するのは、全員を公平に扱い、皆の意見を聞きながら公正な判断と処置をしてくれる者。真面目な生徒で、間違ってもルールを破ったり問題を起こしそうな人物は選ばれない。クラス委員長とはそのようなものだと、これまでの私は認識していました。

しかしその認識は瓦解《がかい》したのです。

雅也はどちらかと言えば問題を起こしそうな方の人種です。それがこのクラスでは容認されました。つまりそれは、私のような真面目なだけの人種は否定されたのです。そしてこのクラスにいる限り、私は新しく別の個性を構築しなければこのクラスでの存在感を示すことが出来ません。

大人しく真面目なグループもありました。しかし、そのグループに属してしまえば、私の存在感をアピールすることを諦めることになります。

なんとかして猛者軍団から一目置かれる存在にならなければ。

私は休み時間が来る度に、何か行動を起こさなければならないと思いながらも何も出来ずにいました。

放課後になり、部活開始前に部室で仲間と取り留めの無い会話する刻が、私が自分を取り戻せる時間でした。練習開始からは嫌なことも忘れて白球を追いかけるだけでいいのです。

新年度を迎えて、部活の練習も日増しに厳しくなってきていました。これから市総体と県大会予選が控えています。サンチ達3年は最後の大会に向けて、一心不乱に練習に打ち込んでいました。

私も教室でのストレスを発散するように、いえ、部活に居場所を求めて練習に集中しました。２年生も控え選手として練習に本格的に参加するようになっていました。

部活が終わると、帰り道に在る雑貨屋でジュースを買い、それを飲みながら軒先で友人と駄弁《ダベ》ります。親から貰う小遣いなど微々たるものなので、空き瓶を拾い集めて酒屋で買い取って貰い、小銭を稼いでいました。家まではずっと上り坂で、小一時間程かかります。帰宅中私は、友人達とずっと会話しながら、練習で疲れた脚を誤魔化《ごまか》し誤魔化し歩を進めていました。私にとって、この帰宅時間が最も自分の心を解放できる時間でした。しかしその唯一の安息の時間も、すぐに奪われる事となりました。

土曜は授業が午前中だけで、給食に牛乳だけ出されて皆下校していました。しかし飲まずに帰る者も多く、出された牛乳のほぼ半分は残るため、男子は数個飲むか、余りを持ち帰っていました。部活生は一度家に帰って昼食を済ませてから、再度学校へと向かうことになります。

その日の帰り、私はぐっさんやサモさん、それにケンジと、セッター不在のこれからのチームについて話しながら歩いていました。

昨日バレー部唯一のセッターが手の甲を骨折したのです。贔屓《ひいき》のプロ野球チームが負け、壁を殴ったという莫迦《ばか》な理由で。

杉の大木が並ぶ山道を、私達は会話しながら登っていました。太陽は真上にあり、道の脇に立つ地蔵の横を通り過ぎれば、崖の上に住宅街が見えるようになります。崖は3方向を囲むようにそびえ立っており、私達はこの山道を抜けると壁に沿ってコの字に2回左折し、長くて急な階段を上ります。

私達は地蔵の横を通り過ぎ、陽の当たる道に出ました。

その時です。

前方で突然液体が弾けました。

慌てて後ろに飛び退《の》きましたが、飛沫《しぶき》が足にかかります。何が起きたのか判りませんでした。

爆笑する声が、遠く上の方から響いてきました。

崖の上には、フェンスの向こうで腹を抱えて笑う鮫島と高崎軍団がいました。宇神と雅也もいます。地面に黒いシミを作りつつあるその液体は白く、よく見れば破裂した牛乳パックが転がっていました。

私の常識では考えられない行為でした。食べ物を粗末にする行為も、牛乳を誰かに投げつけるという行為も。

小学校の時に流行った水風船爆弾も困ったものでしたが、水と違い完全に洗い落とさないと服から腐臭が漂うことになります。

私達が戸惑っている内に、爆雷はまた降ってきました。幸い命中度は低く、私達は上を見上げながら階段へと走り、そこまで辿り着くと標的は他の下校生徒に移ったようで、私達への攻撃は止みました。

困ったことになったと思っていた私でしたが、翌週意外にもサモさんを筆頭に友人達が鞄に牛乳パックを詰め込み、反撃に出たのです。私も参加せざるを得ませんでした。

思いもよらぬ反撃に遭ったことで、高崎軍団は私達を標的に絞りました。それからは毎週放課後に戦闘が行われるようになったのです。

私達は空き地数箇所に武器貯蔵庫を配置し、ゲリラ戦を展開しました。戦禍は拡大し、我々の戦闘が始まると、他の生徒は巻き添えを避けるために崖を這い登る選択肢を選ぶ者もいました。

この争いは止むことは無いと思われた矢先、幕切れはあっけなく訪れました。学校からの指示で牛乳を持ち帰ってはならないことになったのです。

その通達前の週末、蓄膿症で大人しい金子君が犠牲者となり、その親が学校に乗り込んできたらしいのです。金子君の家は位置的に団地と高崎の境にあり、どちらの軍団にも属さない立場でした。彼の家が大きいことは知っていましたが、実は彼の親はこの地区で影響力があったようです。

こうして無意味な戦争は終結しました。

しかし高崎軍団と私達バレー部組は職員室に呼び出され、散々説教を喰らいました。金子君の親以外にも、戦場となった区域の住民から苦情が来ていた為、私達も同罪と見なされたのです。

私は生まれて初めて教師から説教を受けながら、自分も「悪」としたはずの食料を粗末にする行為を自ら行ったこと、そして教師から説教を受ける人間になったことに、自己嫌悪を覚えていました。

◇◇◇

それからしばらくは平穏な日が続き、私は退屈な授業を聞きながら、季節が夏へと向かう碧《あお》い空を眺めていました。

渡り廊下を、女子バレー部の先輩が数人歩いてゆきます。瀬名先輩と吉田先輩の姿もありました。全員丈の長いスカートを履き、中学生とは思えない艶《あで》やかさがあります。特に瀬名先輩は陽光を浴びた髪が金色に輝いているように見え、華やかさを併せ持っていました。

吉田先輩がふと下を向き、そしてこちらに手を振りました。

私は後ろを振り返ります。

吉田先輩に手を振り返す者どころか、外を見上げている生徒もいませんでした。

改めて私は廊下を歩く先輩を見ます。

先輩は頬を膨らませて立ち去っていくところでした。

え？

先輩は私に手を振ってくれたのか？

私は大きなミスをしたのかもしれません。しかし時既に遅しです。私が吉田先輩の真意を知ることは一生無いでしょう。

私の女性に対する警戒心は、既に恐怖レベルにまで達していたのだから。

◇◇◇

放課後となり、部室で体操服に着替えて体育館にいるところに、セッターに抜擢されたサンチ先輩が入って来ました。何となくこざっぱりしています。

「こんちゃーす」

「おお」

「サンチ先輩。頭、行かれたんですか？」

「誰の頭がイカれとるんじゃ……」

思わぬ返事が返ってきました。日本語は難しいのです。

「い、いや。散髪屋に行ったんですかと……」

いい訳をしようとする私の言葉を遮るように、

「じゃっかぁしい《やかましい》！　ワレ俺をナメとんのじゃろうが！」

と言いながら私に迫ってきました。

明らかに難癖です。初めから言葉の意味を理解した上でサンチは私を追い込もうとしているのです。暇つぶしに私を弄《いじ》ろうとしていることは、必要以上のオーバーアクションと酔っ払いのようなふざけた口調から読み取れました。

まあ、それに付き合うことも悪くはありません。

「いや、そんなことは……」

と言って、私は走って逃げます。サンチはボールを掴んで追いかけてきました。私は後方を見ながら体育館を走り回り、サンチは宙にボールを上げてアタックしました。

流石《さすが》レギュラー。

ジャンプして避けようとした私の太股にヒットしました。追いかけてくるサンチは口元が緩んでいます。サンチなりのコミュニケーションなのです。私もそれを楽しみました。

やはり此処は心を解放出来る唯一の場所でした。

◇◇◇

緊張感が支配するこのクラスに慣れない無聊《ぶりょう》の日々は続いていました。私の劣等感は日増しに増すばかりで、先日もベランダを歩いている時に「不動カッコイイ！」という白墨で書かれた落書きを見つけ、それを見た私は1年前の文字がフラッシュバックし、動悸が激しくなり落ち込みました。

そんなある日、隣の地区の中学から一学年上に転校生が入ってきました。引っ越しが理由では無く、前の中学で問題を起こし、うちの学校が引き取ったという話でした。

噂ではかなりの悪《ワル》らしく、うちのクラスでも、特にリーゼント頭の奴らが休み時間になると何か神妙な顔つきで集まり、話していました。どうやら、一人ずつその転校生に呼び出しを喰らっているようでした。

私には関係ない。

その時の私はそう思っていました。


休み時間になりトイレに行きチャックを下ろした瞬間、入り口に異様な気配を感じました。その男は私の隣に立ちチャックを下ろしました。かなり大柄な男です。私はチラッと横目で確認し、あの転校生だと判りました。間近で見るその男は鬼崎よりも一回り大きな体躯で、眉が無く凶暴な顔つきをしていました。

(何故2年の便所に？)

転校生は用を足し始めましたが、私は、小便が出なくなってしまいました。こんな経験は初めてです。股の筋肉が強張り、尿が出ないのです。

私は仕方なくトイレを出ることにしました。

「おい……」

私がトイレから離れようとすると、男が話しかけてきました。

「はい？」

私は立ち止まり返事をしました。

「ちっと百円貸してくれんか」

男は滴《しずく》をふるいながら、意外な言葉を吐きました。チャックを上げながらこちらに振り向きます。にやついた顔は悪人《ワル》そのものでした。

「はい……」

私は条件反射的に財布を出しました。男に百円を差し出しながら、何故か私はこう口走ってしまったのです。

「返して下さいよ～？」

次の瞬間。

男は私の胸ぐらを掴むと、そのまま壁に私の身体を押し当てました。

「……わりゃ《お前》～、そうがぁなもとうらん《そんなつまらない》、かばちたれよったら《口答えするなら》、しごうしちゃるでぇ《ボコボコにするぞ》……」

男は息がかかるほど顔を近づけ、私を睨め付けながら言葉を吐きます。

私はこの状況に、何故か恐怖を感じていませんでした。諦めの境地とでも言いましょうか。殴られることより、自分が莫迦《ばか》な発言をしたことを冷静に後悔していました。私は軽いカツアゲに遭《あ》ったのだと、この状況になって初めて理解している自分の莫迦さ加減を恥じていたのです。

しかし男は私を殴ることも無く、私を突き放して壁にぶつけると、何も言わず去って行きました。

私は、暫く呆然としていましたが、教室に戻りました。

「尾城中の奴らむかつくんじゃぁ」

「やっちゃればいいやん」

葛城を囲んで、スカートの長い女達が煽《あお》っている会話が聞こえました。

この時代は暴力が蔓延していました。そのことを改めて思い知らされたのです。

◇◇◇

クラスには同じバレー部の児玉がいました。

児玉は何時も歌っていました。目立つ為なのか本当に唄が好きなのか理由は不明ですが、この教室の緊迫感などお構いなしに、休み時間は箒《ほうき》を片手に大声で歌うのです。彼はオフコースや中島みゆき等、シンガーソングライターの唄を好んでいました。口ずさむ程度なら誰も気にしませんが、彼は歌い始めると気分が高揚してくるのか、何時も熱唱していました。

その日も彼は掃除をさぼって、箒《ほうき》をギター代わりにし、大声で歌っていました。

「せせろしぃ《五月蝿い》のぉ、わりゃ《お前》、そがいに《そんなに》歌いてぇんなら歌わしちゃる」

そう言って鬼崎が机を移動させ始めます。

机を集めてステージにし、その上に椅子を置いて児玉を座らせ、

「はよー歌《早く》えー」

皆から囃《はや》し立てられ、児玉ははにかみながらも歌い始めました。

ガラっと扉が開き、学年主任で英語教師のMr.サトウが現れました。

「なんしょんなら《何やってんだ》！」

「先生、ええが！　歌わせんさい！」

皆の視線が児玉に集まります。Mr.サトウは児玉が再び歌い出すと無言で去って行きました。

児玉は照れながらも、まんざらではなさそうでした。

教室内はコンサート会場と化し盛り上がり、こんな自己アピールもあるのかと私は児玉を見直したのです。


今週はその児玉と二人で視聴覚室の掃除当番でした。

私は机の上を拭いていたのですが、机の一つにノートが入っているのを見つけました。

取り出してノートをめくるとほとんど使っていない新品で、名前は字が汚くてよく読めません。

「こがいな《こんな》モノがあったけど、どうするー？」

児玉は近づいて来て私からノートを受け取ります。

「要《い》らんけん置いてったんじゃろ。ほかそ《捨てよう》」

と言い、そしておもむろに胸からシャーペンを取りだし、ノートに大きくバッテンを書きます。

私はノートを受け取ると、思い切りノートを引き裂きました。ストレス解消にはもってこいでした。児玉が半分を更に半分に引き千切りゴミ箱に叩き入れ、私も続けて叩き入れます。それで掃除は終わりとなりました。

清掃時間が終わり、帰りの会が終わって下校となった時、私と児玉は先生に呼び出され職員室に連れて行かれました。待っていたのは1年の担任で、職員室の床に正座しろと言います。それに従うと何も言わず破れたノートを私達に突きつけました。私達が捨てたノートです。

「こんノートはのぉ。先生とクラス生徒一人一人とのコミュニケーションのために作った連絡帳なんじゃ」

突然ビンタが飛んできました。

教師に殴られたのは初めてでした。ビンタ自体生まれて初めてかもしれません。

え？

これって殴られんの？

なんで？

驚いていると、逆の頬に灼熱を覚えました。

見つけた生徒は泣いとったぞ、とか言っていますが、頭に入ってきません。

弁解の余地も無し？

そもそも私達が犯人だという確認は？

私達の担任が破かれたノートを手にとって見ています。職員室に居る他の教師も何も言いません。私と児玉へのビンタは続きます。


何故これほど殴られなければならないのか。

私は掃除しただけ。

不要と思われる物を捨てただけだ。

このノートを忘れ物として届けることが正解だったとして。

そうしなかったことが過ちだったとして。

理由も聞かれずこんな暴力に耐えねばならぬことを果たして私はしたのだろうか。

弁償と言われるならまだ理解できます。教師の理不尽さに、悔し涙が溢れてきました。

つられて児玉も泣き出します。

「こがいな《こんな》大きな男ん子が泣きよるのは不憫じゃのう」

そう言う教師の声が耳に入ってきます。

教師達は、私達が泣いて反省していると勘違いしているようでした。

◇◇◇

何とも納得のいかない目に遭いました。憤懣遣《ふんまんや》る方無《かた》いとはこの事です。

机に座りふて腐れていると、葛城が近寄ってきました。

「どしたんかぁヤマ。ふて腐れてから」

「先生に殴られたんじゃ」

「なして《何故？》」

私は大まかに成り行きを説明しました。

「なんか。無茶苦茶じゃのう。よし、俺が忘れさせちゃる。一緒に帰るぞ」

何をするのか判りませんでしたが、私は葛城と一緒に帰ることになりました。葛城の仲間も一緒です。

葛城も同じ団地組ですが、何時もの地蔵があるルートでは無い道を進んでいきます。かなりの急坂なのでこの道を通る者は少ないでしょう。登っていくと階段に出ました。

「よーし、此処なら誰も来《こ》ん」

葛城は階段に座ります。仲間はその前に腰を下ろします。私もそれに倣《なら》いました。

座り込み皆が輪になると、葛城は鞄から「誰にも言うなや」と言いながら煙草を取りだしました。慣れた手つきで箱から煙草を1本叩き出し、口に咥えて火を点け、煙を吐き出しながら私に箱を向けます。箱からは1本煙草が出ていました。私は促《うなが》されるままそれを受け取り、手に持つ煙草《それ》を見つめました。

(私はこれを吸うのか?)

そうしているうちに全員に煙草が行き渡り、火を点け始めました。葛城がライターを点け、火を私に差し出します。私は煙草を咥えて顔を近づけ、火を吸いこみました。生じた煙はそのまま私の肺に流れ込み。

「ゴホッ!」

喉と肺に違和感を覚えて私は咳き込みました。

全員が笑います。

私がもう一口煙を吸おうとした時。手足の指の先から痺れのような、冷気が這い上《のぼ》ってくるような感覚を覚え、それは腕を上り首を通って頭まで上り、座っているのに立ちくらみのような症状が現れ、視界が霞《かす》み、上半身のバランスが崩れる感覚に陥りました。世界が遠ざかり、感覚が全て霧散したような世界に溶け込みます。それは暫く続き、そしてゆっくり元の世界が戻ってきました。

「なんや? これ」

「ハハハ、美味《うま》いじゃろ」

葛城が笑います。

何時も授業中にビーバップハイスクールを読んでいる葛城ですが、昔と変わらず親しみやすい奴だと知りました。

この経験は気分転換にはなりましたが、自分で煙草を買う勇気は無く、この後大学に行くまで私が煙草を吸うことはありませんでした。

◇◇◇

3年が最後の大会で優勝を逃し、全国大会の切符が取れなかった為、3年生部員は引退しました。私達がこれからは主軸となり、新生チームを作って行かなくてはなりません。主将にはぐっさんが選ばれました。私の名前も挙がったらしいのですが、キャプテンを決める日に私は休んだため、ぐっさんに決まったとのことでした。

部が強くなるためにはどうするか。早速、皆で話し合いました。私達のチームは幸い体格に恵まれており、レギュラー陣はシンの１８６cmを筆頭に全員１８０cm近くあります。戦術等も話しましたが、結局気合い負けしない為にはどうするか、から、強いチームは全員坊主だという意見が採用され、全員5厘刈りにすることに決めました。ただ、いつもリーゼントにしているケンさんは断固として拒否しましたが。

決めたなら早速行動する方が良いということになり、家が近い部員がバリカンを持って来てお互いに頭を刈り合いました。

しかし段々とアート魂を刺激され、モヒカンや辮髪《べんぱつ》の奴らが出来てしまい、そこで電池が無くなった為そのまま練習に入りました。

異様な練習風景にケビンは驚いていましたが、何も言わずいつもの大声で私達を鼓舞してくれました。

◇◇◇

登校して教室に入ると、皆がざわついていました。

入り口付近のクラスメイトに尋ねたところ、鮫島が教師に殴られて病院に行ったらしいのです。

校門で登校指導している教師に「おはようございま～す」と早口に大声で言ったら、その教師には「オース！」と聞こえた為殴ったと。それも病院へ行かねばならぬほどに。

鮫島のキャラクターとして必要以上に大声を出したのは想像できました。加えて不幸にも鮫島の顔は厳つい。教師がストレスとしてその「おはよう」を受け取った可能性はあります。教師達は生徒に舐められることを一番恐れていました。そこから何かが崩れていくのを抑えるために。中学が荒れた時代でした。

親がすぐに学校へ乗り込んできました。教育委員会の話も出たらしいです。

次の日から口腔内を切った鮫島には特別給食が用意されました。

◇◇◇

季節は冬を迎えました。

その年の冬は例年に無く寒い日が続き、その日は前日から冷え込みが激しく、朝起きると雪が積もっていました。私の住む地域で雪が30㎝も積もるのは珍しいのですが、今年はこれで2回目です。前回は苦労して登校し、結局休校になりました。

(今回も休校になるのでは無いのか？)

私はそう思いましたが、学校からの連絡も無く、いつもの時間にぐっさんが迎えに来たため、登校することにしました。

雪に足を取られ思うように進みません。長靴では無いためぐしょ濡れです。

一緒に登校する友人達が揃い、雪に悪戦苦闘しながら地蔵がいる山道が眼下に見える場所まで辿り着いた時、遠くで聞き慣れた声がしました。

一軒家の2階の窓から、雅也が手を振っています。彼の家は私達が住んでいる団地より更に山の上。此処まで降りてきて、登校することを諦めたようです。

私は靴下がグシャグシャになりながら学校に着きました。

教室に着くと、明らかに登校している生徒が少なく、私は入り口で立ち止まりました。

この前も休校になった。

この分では今回も休校だろう。

何より足が気持ち悪い。

教室も寒い。

このクラスも嫌いだ。

私はそのまま帰宅することにしました。

その時に鬼崎とすれ違いました。


私は下校途中出会ったシゲの家に行きました。彼も家に引き返すことにしたらしいです。自分の家に帰ると色々聞かれそうだったので、両親が不在だというシゲの家でボードゲームをして遊んでいました。

家の電話が鳴り響き、シゲは受話器を取ります。

「は、はい……」

様子が変です。

「ヤマも此処にいます。はい……判りました」

チン。

シゲは受話器を置きました。

「どうしたん？　誰から？」

「先生から……。すぐに学校に来い言いよる」

やばい。休校にならなかったのか？

「うっそ」

シゲと私は慌てて学校に戻りました。

学校に着くなり職員室の前に正座させられました。そこには10人近くの生徒が居ました。殆どが私のクラスの生徒です。鬼崎も居ます。私が帰る姿を見て彼も帰ったようでした。

結論から言うと休校になったのです。

1時間目終了時に全員帰宅させたらしいのです。

呼び出されたのは無断で休んだ連中でした。雅也からは「高崎地区は雪が深いので行けません」と連絡があったとのこと。

嘘付け。下まで来てたじゃろうが。

それからは地獄の時間でした。

冷たい廊下に正座をさせられ、全教師から説教とビンタを食らいました。日頃生徒を殴ったりしたことも無い教師も加わり、説教と体罰は2時間にも及びました。いくら説教を受けようとも私は、結果休校となった学校に連絡した生徒としなかった者とで、何故これ程の暴力を受けねばならないのだろうと、頻に灼熱感を覚える度に疑問に思っていました。そして、何故私は此処に居るような人物になってしまったのかを、自分に問い詰めていたのです。

昼前になってようやく解放された私達は、銘々の家へと帰宅しました。私は帰宅方向が途中まで同じ石田と帰りながら、教師達への愚痴《ぐち》を言い合いました。先程の体罰で反省した者など、恐らく一人もいないでしょう。

「大体……異常じゃぁ、あのクラス編成」

石田が愚痴《ぐち》を溢《こぼ》します。

彼がそんなことを思っているとは意外でした。石田は猛者軍団にうまく溶け込んでいたのです。彼でさえそう思っているのだから、私が今のクラスを窮屈《きゅうくつ》に感じているのも当然なのかもしれません。石田の意見をもっと聞きたかったのですが、その前に帰路の分岐点に着いてしまい、私は石田に「またな」と声をかけ、一人坂を登り始めました。

家に帰って母から問い詰められましたが、私は何も答えませんでした。すぐに部屋に籠《こ》もり、友人から購入した漫画を寝転がって読み始めました。

その友人は購入した週刊少年ジャンプを読み終えると解体し、1話を10円で売っていました。全話売れれば元は取れるでしょう。私も雑誌を毎週買える程の小遣いは無いし、掲載作品全部を読みたい訳では無かったので助かっていました。当時のジャンプは立ち読みするには読みたいモノが多すぎたのです。

漫画はすぐに読み終え、私は寝そべり天井を見つめました。

自分が教師から体罰を受ける身になるなど、考えてもいませんでした。石田が言った通り、あのクラスはどういう基準で編成されたのでしょう。私のアイデンティティーが壊れたのもあのクラスに入ってからです。無意識に股間に手を伸ばしながら、私は学校での出来事を思い出していました。

　この前はクラスで異臭騒ぎがありました。原因は雅也達が牛乳を空缶いっぱいに、何故か雑巾と共に入れて掃除用具入れに放置していたためです。雅也達は余った牛乳でチーズを作る実験を行っていたらしく、誰にでも判ることですが当然牛乳は腐り、教室中にもの凄い異臭が充満しました。

　あんな理解しがたい連中の仲間になりたいと考えている私は間違っているのか？　次第に怒張し硬くなる股間のモノを、窮屈と感じた私はズボンを下着毎ズリ下ろして外に出しました。

　そう言えば鬼崎の勃起した逸物は、パンツの上部から亀頭がはみ出すと猛者軍団が言っていたのを思い出し、私のコレは標準なのだろうかと思案しながら手で握りしめて扱《しご》きつつ、ストレスの意識を徐々に股間から感じる不思議な感覚に移行させていきました。生まれた時から股間に備わっているこの尿の方向を定める為の器官が、時々こういう状態に変わることも、そうなってから手で扱くと、今まで感じたことの無い感覚が沸き上がることも、最近知りました。その感覚に身を任せると、日頃覚えるストレスが薄れることも識《し》ってきていた私は、何処《どこ》までこの感覚に身を委ねることができるか、擦《こす》り続けてみました。確かに嫌な気分が薄れてゆきます。このまま続ければ嫌な気分も晴れるかもしれない。

そう考え始めた時でした。

先から突然液体が噴出したのです。私は快感よりもいきなり起こったこの現象に驚き、上体を起こして手を見つめました。そこには白い粘液が付着し、畳にも壁に向かって一直線に粘液が飛び散っていました。見たことも無いアメーバーのようなその物体は私にとって、身体から別の生物が出てきたような異様な感じに包まれ、これは今までずっと私の体内に居たのかと、不思議な感覚を覚えました。

自分とは異なる生命体《モノ》が確かに私の体内《なか》に在り、気づかぬうちに私の意識と行動を制御していると知るのはかなり後になります。

勿論その時の私は、恐らく死につつあるその生命集合体の正体を識《し》らず、ただ見つめていました。

もしかしてこれが精液という物なのか？　今のが射精？

私は自分が恥ずかしく、そして次第に自己嫌悪に陥っていきました。

◇◇◇

翌日はうって変わって晴天でした。

あれから情けない気持ちで畳を拭きながら、そういえば先輩が「休みじゃったけん7回もしてしもうた」と笑い合っている会話を思い出して皆の話題に出来るほどの事だと認識し、それよりもまたあの教室に行かなくてはならない直近の問題が思考を支配したのです。

その日は目を覚ますと同時に私は喉に違和感を覚えました。寒い廊下にずっと正座させられていたせいで、軽く風邪を引いたようです。念の為マスクをして、泥濘《ぬかる》んだ道を歩きつつ校門に辿り着きました。

「どしたん」

そこでばったり会った田代が、私のマスク姿を見て聞いてきました。私は田代と並んで校舎へ向かって歩きながら答えます。

「なんか悪りぃんじゃあ」

「顔がか」

「ちゃうわ」

「頭か」

「やねこい《しつこい》奴じゃのぉ……喉が痛えんじゃっちゃ！」

「またぁ……ホンマは？」

「嘘やねぇ！　のーどー！　なして《何故》頭がわりぃとマスクせないけんのか」

昨日私がどんな目に遭《あ》ったか知らぬ田代は、何時ものように軽く話しかけてきます。

「今度の日曜、街まで映画見にいかんかえ」

「たいぎい《面倒くさい・だるい》」

「そがん《そんなこと》言わんでもええじゃろ。チョーーー《超》面白《おもしれ》ぇらしいで」

最近私達の間では田舎弁や造語で話すことが流行っていました。後に「超」がギャル語として広まるなど思いもせず。

田代はなああ、と言いながら私の脇腹を突いてきます。私は腹部を突かれるのが異常な程嫌いでした。筋肉を直に突かれるような不快感を覚えるのです。前世では切腹して死んだのかもしれません。

私はその手を払いながら、

「い触《さわ》らうなや」

「じゃけえ行こう言いよるじゃろ」

「……ったく、どがいにも《どうにも》ならんのぉ。金がねえんじゃ。他と行け」

「なんじゃ。ノリがわりぃのぉ……」

田代は諦めたようです。私は気になっていたことを尋ねてみました。

「きにょう昨日《きのう》は授業、あったん？」

「んにゃ。朝からずっと雪合戦しとったで。帰れゆわれたけえ帰ったけど」

授業さえ無かった。

それを聞いて侘《わび》しくなりました。昨日の説教は何が目的で行われたのでしょう。そもそも私は何故何十発ものビンタを喰らわなければならなかったのでしょう。私は昨年まで教師から叱られたことがありませんでした。それが今のクラスになってからおかしくなりました。あのクラスにいるうちに私は、善悪の基準が変わってしまい、自分を見失っているのでしょうか。

◇◇◇

教室に入ると、ほぼ全員登校していました。

始業前のざわついた教室の中に入り、自分の席に座った瞬間突然、机の足と床とが擦れる派手な音が立ち、クラス全員が一斉に音の方向に視線を向けました。

教室の中央で雅也と不動が睨み合っていました。

――遂《つい》にこの時が来た――。

私はそう思いました。

何時かはこの事態が起こることは皆が予見していました。今睨み合っている二人に限らず、誰かが対立を起こすことはクラス編成を見た時から判っていたのです。

しかし不動相手に挑む者が現れようとは予想外でした。不動は付け入る隙を与えません。喧嘩を売ったとしても、力が対等なのは恐らく鬼崎だけなので、彼には誰も喧嘩を売るようなことは無いと思っていました。

しかし雅也はそれをも覆《くつがえ》し、不動に刃向かったのです。見ている限り、雅也の方が喧嘩を売ったようでした。不動は黙ったままでしたが、雅也は下から不動を睨《ね》め付け、挑発しています。

不動の顔つきが徐々に怒りの形相に変わり、やばい、と私が思った瞬間。

「止めいや……」

鬼崎が不動を制して二人の間に入り、ほぼ同時に石田が雅也を後ろから抱きつく格好で制止しました。不動は直ぐにその場を離れたのですが、

「逃げるんか！　コラァ!!」

と叫びながら、雅也は拘束を振り解《ほど》いて掴みかかろうと藻掻《もが》き暴れ、それを石田が必死に止めています。石田は雅也の怒りが収まるまで雅也を抑えきり、ともかく波乱は収まりそうでした。

私は何も出来ませんでした。

入学した頃の私は、何でも出来ると思っていました。しかし今の私には、二人の争いを止めることが出来ませんでした。もしクラスを纏《まと》める立場であれば、喧嘩の仲裁など絶対にしなければならない行為です。しかし私は二人の気迫に押されて一歩が出ず、それが出来なかったのです。

私には勇気も胆力も無い――――。

私はまた一つ自分から「自信」という欠片《かけら》が落ちる音が聞こえたような気がしました。

2．おはるさん

間もなく私は3年に進級しました。あと1年過ごせば卒業です。高校入試に向けて受験

勉強をしなくてはならず、部活でも最後に最高の結果を残さなくてはなりません。そして何より、中学生活が良いモノだったと、後悔しない日々を送りたいと、そう私は思ったのです。

幸い中1の時に気が合った、野球部正捕手であるマサと同じクラスになれ、そのバッテリーの左腕投手、ヤクも同じクラスでした。

クラスメンバーはざっと確認してもまともでした。私はクラス委員長に選任されました。が一方、雅也は中2の勢いそのまま、生徒会長になりました。

クラス担任は浜崎先生。若くハンサムで、野球部顧問です。

担当教科は理科。強者揃いの野球部を纏め上げているだけあって、若いですが、浅黒い肌に風格がある教師でした。加えて整った顔立ちなので女生徒にも人気があり、男女問わず生徒にも慕われていて、ハマさんと呼ばれていました。

部活でも動きがありました。ケビンが女子バレーの顧問になり、男子バレーにはおよそケビンとは正反対の、瓶底眼鏡をかけた全く迫力の無い先生が顧問になりました。

依然として私は、女子とは一定の距離を置いていました。

あからさまに拒絶すると言う訳では無く、挨拶をされれば挨拶を返しますし、話しかけられれば返事もします。しかし、それ以上打ち解けるような行為は極力避けていました。それで困ることも無かったですし、相手もそうでしょう。私は、実は私が女子を苦手としていることが露呈《ろてい》することを恐れ、なるべく女子との接触は避けました。自分を構築する世界の中に触れることはさせず、また私も相手の境界には近づかないよう細心の注意を払いました。偶然にもマサが「男は硬派じゃなきゃいけん」と言い始め、私もそれに合わせる形を取ることで、こちらから女子に話しかけるような事をしない理由としました。

それでもクラス委員長の私は、何かとクラスでの決め事の打ち合わせには出なければならず、そこには共学たる所以《ゆえん》から当然女子も参加し、私はその度に女子との距離感を保つことに注意しなければなりませんでした。

その日も教室の片隅で、修学旅行最終日前夜に行われる、クラス対抗出し物の打ち合わせをしていました。男女３人ずつで集まっていましたが、幸い葛城達レク係が中心となって打ち合わせは進行されていました。

打ち合わせもいろんな意見が出つくし煮詰まった頃です。

それは全く予期せぬ出来事でした。それまで話を聞いていた春野桜舞《まい》さんが私の方を向き、口を開きました。

「ヤマはどう思うん？」

彼女の言葉と瞳が私に向けられた瞬間、私は異世界から呼び戻されたような感覚を覚え、突然視界が開けた感じがしました。

いとも簡単に彼女は、私が約２年かけて構築した女性に対する拒絶の壁を超えて入ってきたのです。

彼女が私に話しかけてきたのはこれが初めて。

こんな自然に女子から話しかけられたのも初めてでした。


女子と男子はある一定の距離を置く。それが私の概念でした。

女子は異性に対して遠慮がちに話しかけてくるもの。少なくとも初回は。

しかし彼女には、全くそんな素振りがありませんでした。

それに何故彼女は私の仇名《あだな》を知っていたのでしょうか？

私は彼女を意識していませんでしたが、彼女は私を意識していた？

しかし彼女の態度からは全くそんな意識が感じられません。皆が私のことをそう呼ぶからそう呼んだ。只それだけのようでした。

彼女はごく自然に私の領域に入ってきたのです。

何の躊躇《ためら》いも無く、窓から光が差し込むことのように至極当たり前に。

数年ぶりに異性から受け入れられた気持ちです。

こんな考えが一瞬にして頭を駆け巡りました。

「俺は……こっちの案かな」

私は、何事も無かったように答えました。

「そっかぁ……。そうじゃね」

そう答える彼女を、私は改めて見ました。

一見、ごく普通の娘《こ》に見えます。しかしよく見ると彼女の特異な容姿が際だって見えてきました。

彼女の肌は透き通るように白く、それ故に桜色の唇が、純白の和紙に落ちた一片の桜の花弁のように見えます。

テニス部に所属しているはずなのに、何故こんなに白い肌をしているのでしょう。

意志の強そうな眉。

切れ長の目は、笑うと瞳が漆黒の真珠のように輝きます。

博多人形が命を得たら彼女のような容姿になるのでしょう。

何よりその笑顔が魅力的でした。

全てを受け入れてくれるような微笑み。

その笑顔が私に向けられると、今まで霞みがかって色褪せていた世界が、急に明るく鮮明に輝いて見えました。

私にとっては一目惚れレベルの話では無いのです。女性恐怖症に陥っていた私には、救世主の女神が現れた気持ちでした。ずっと覆っていた心の雲が、春風に吹かれて晴れ渡ったような心境です。

私は一瞬で、彼女に心を奪われたのです。

◇◇◇

それからの私は、知らぬ間に彼女を目で追うようになりました。自分でも気付かぬうちに視線が彼女に向いてしまうのです。彼女がどんな女《ひと》なのか。誰と仲が良いのか。彼女のことを知りたくて仕方がありません。

彼女は「おはるさん」と皆から呼ばれていました。

彼女は誰とでも分け隔て無く打ち解けるようでした。それがあの猛者軍団の連中さえもです。彼らに自分から話しかける女子は珍しく、昨年まで見たことがありません。強面の鬼崎であろうと、オーラを放つ不動であろうと関係なく、他の友人と同じように話しかけていました。

「もぉ～、私そがいに老けとらんわ～」

雅也に、とあるベテラン女優に似ていると言われ、彼女は無邪気に笑います。それを見た雅也も笑っています。

彼女は何時も笑顔でした。不機嫌な顔とか怒った顔を見せたことがありません。

彼女には人を魅了する才能があるのです。

彼女から話しかけられその笑顔を見た男共は皆、彼女に魅せられます。あの猛者軍団の連中が、あれ程緊張感の無い自然な笑みを浮かべる所を見たのは初めてでした。彼女と話している時の彼らは実に楽しそうで、その中央では、おはるさんが屈託無く笑っていました。猛者軍団の連中が彼女に好意を抱いているのは間違いなさそうでした。何故なら、彼女が近くにいる時には、猛者軍団同士で争い事が起こるような雰囲気が消失しているのです。彼女を取り合うための争いさえ起こりそうな気配もありません。

それは凄い才なのでは無いかと私は気付きました。

多分そのことには、おはるさん本人も気付いていていません。

猛者レベルの高い男性に程、特にその才が発揮されるようです。

かといって女子に妬《ねた》まれるとか嫌われる訳でも無いのです。

彼女とただ話しているだけ、同じグループにいるだけで、気分は明るくなり高揚し、何故か自分が誇らしげに思えます。自信が湧いてきます。不思議な魅力を持った女性でした。

彼女と居ると、充実した学園生活を送れているような感覚を覚えました。

――何故今まで彼女の存在に気付かなかったのだろう――。

彼女と出逢えたことに、私は感謝したのです。

◇◇◇

辺りはすっかり暗くなり、外から聞こえてくる音は時たま通り過ぎる車の音だけ。

私は机の前に座り、友人から借りたスネークマンショーをデッキから流しながら、合間に流れるＹＭＯの楽曲に耳を傾けつつ勉強をしていました。

家の中も静かなことから、家族は皆寝てしまったのでしょう。

私は勉強の手を止めて時計を確認し、居間に降りなければいけないことに気付きました。時刻は23時半前。

明日は日曜で登校する必要は無いので、遅くまで起きていても問題はありません。私は自分の部屋を出て階段を下りました。居間に入り、テレビの音量を調整してスイッチをオンにします。

ＣＭの後、見慣れたオープニングが流れ、小林克也が軽快な口調で話し始めました。毎週土曜深夜23：30から24：15の時間、ベストヒットＵＳＡが放送されるため、それまで勉強しながら起きていました。

洋楽に関心を持ったのは映画からで、幼い頃から私は洋画が大好きでした。幼児の頃から両親は共働きで、私はテレビを見て育ちました。地方のＴＶ局は妙な時間に映画放送がありますす。昼間独りでテレビに向かい、私は洋画を見て育ったのです。ジャンルも年齢制限も関係なくただ流される映画を、私はいつも見ていました。

そして正月の深夜映画で「猿の惑星」を見て以来、ハリウッド映画の虜になりました。衝撃のラストカット。続けて見た「エイリアン」の恐怖とそこからの開放感。私はＴＶで放送される映画をチェックし、週末の深夜にも映画が放送されていることに気付きます。

映画を見ようとＴＶを点けた時にたまたま見つけたのがこの番組でした。初めて見るミュージックビデオに惹かれ、「フラッシュダンス」等の映画主題歌が流される際には映画のワンシーンが見れることも魅力の一つでした。またマイケル・ジャクソンの「スリラー」は13分34秒の映像に1億2千万円も使ったと聞いて驚いたモノです。同級生は日本のアイドルの話ばかりで、洋楽の話をする友人はいませんでした。「フットルース」を唄うケニー・ロギンス。ボン・ジョビ。ブルース・スプリングスティーン。シンディ・ローパー。マドンナ。プリンス。スティービー・ワンダー。ワム。フィル・コリンズｅｔｃ。この番組で、私は錚々《そうそう》たるミュージシャンを識《し》ることが出来ました。

番組はあっという間に終わりました。

私はＴＶと居間の電気を消し、家族を起こさないよう静かに2階へと上がり、部屋に入るとベランダに出て空を見上げました。冷たい外気が肌を刺します。澄んだ空には満天の星が瞬いていました。ふと、おはるさんの顔が浮かびます。

この空の下にはおはるさんの家もある。そこに彼女は居る。

行こうと思えば歩いて行ける場所に。

初めて会話を交わしたあの日から数日も経《た》たぬうちに、いつの間にか私の頭は彼女のことでいっぱいになったようでした。彼女のことを想うだけで、私の胸に甘いものが流れ込んでくるのを感じ、甘くて温かいそれが、身体中に広がっていきます。心地の良い感覚に、私は寒さも忘れ、空に輝くカシオペア座とポラリスを見つめていました。

◇◇◇

進級した際に、２年時のクラスメイトでまた同じクラスになったのが石田でした。猛者軍団の一員だった石田も、２年の時とは少し雰囲気が変わり、私とも親しくなりました。石田はテニス部に所属しており、おはるさんとは昔からの知り合いのようでした。

「そがい、鬼の首を取ったみたいにゆわんでもええじゃろ！　ハハハハハハ…」

私がアイスの当たりを２回連続して引いたと言うと、石田はそう言って腹を抱えながら大袈裟に笑いました。

「鬼の首やら、石田あんたそんな言い方せんでも。アハハ……」

石田のツッコミとその表現がツボにはまったようで、おはるさんも腹部を押さえながら笑います。ついでに二人は、顔を上げた時に目が合ったことで再び笑い始めました。

羨《うらや》ましい。

二人は同じ部活で親しかったと思われ、おはるさんもテニス部主将で話術が巧みな石田には一目置いているようでした。

「ヤマって、面白い人やったんじゃゃねぇ」

おはるさんが目尻を手で拭いながら私に話しかけます。

「なんなぁ、どがいな人と思うとったんよ？」

「真面目で気難しい人かと思うとったわぁ。それがアイスが当たったぐらいで喜ぶなんて、ギャップが……」

そう言っておはるさんは笑いました。おはるさんが私の評価を上げたのか下げたのか判りませんでしたが、私の話題で笑顔を見せてくれたことに喜びを感じました。

昨年までの雰囲気とは全く違う環境に私は満足していました。何よりおはるさんの笑顔を見れることが嬉しかったのです。

◇◇◇

教室では担任であるハマさんの授業が行われていました。

受験生と言うこともあり、皆静かに授業を受けていた時。

バン！

突然、教室後方の扉が、破壊したのでは無いかと思うほどの派手な音を立てて開きました。

クラス全員が驚き、音の現況を知るため一斉に振り返ります。そこには久しぶりに見る剛田の姿がありました。

剛田が笑みを浮かべて入ってきます。久々に剛田が登校してきました。しかも2限の授業中に。遅刻して登校してきたことに悪びれる様子も無く、皆の視線を浴びたままゆっくりと教室の中に入って来て、自分の席にドカッと座ります。

剛田はこの学年で唯一と言っても良い、本物の不良でした。頭をリーゼントで固め、相撲取りのような大きな体躯を短ランとボンタンで包んでいます。

皆が剛田から視線を外しかけた時でした。クラスの女子の一人が嗚咽を漏らし初め、泣き出しました。

「もう嫌！」

別の女子が立ち上がって叫びます。

泣いている女子は他の女子から慰められていました。

「なんでこがいな思いをせにゃあならんの!?　卒業まで我慢しんさいっていうわけ!?」

その娘《こ》もワッと泣き崩れます。

クラスを重い空気が包みました。

「委員長」

それまで静観していたハマさんが、突然私に声をかけました。

「はい」

「剛田と皆がこれからどう付き合っていくか」

担任は教壇を降ります。

「みんなと話し合え」

ハマさんもかなり無茶を振ってくる。そう思いながら、私は教壇へと進みました。教壇に上がり皆を見渡します。

皆、神妙な顔つきをしています。

「えーじゃあ、みんなの意見を聞かせて下さい」

「勉強する気が無いなら、学校に来ないで欲しいと思います」

女子がいきなり不満をぶちまけます。そうよ、と数人の女子が賛同しました。剛田は笑みを浮かべて、自分が巻き起こしたこの状況を楽しんでいるようです。

「そもそも剛田君は進学する気が無いんでしょう？　来る必要無いじゃない？」

大柄だが普段控えめな安陪さんがそう言って立ち上がり、教壇に向かってきました。私は教壇に上がる彼女に場所を譲って脇にある教師用机にもたれかかり、腕を組んで成り行きを見守ることにしました。

彼女は剛田がこのクラスに居ることでどれほど勉強の妨げとなっているか、心理的ストレスを受けているかについて演説を始めました。女子のほとんどはその意見に賛同しているようです。男子は何も意見を発する者はいません。剛田を恐れているのか、それとも女子の反撃を受けるのを恐れているのか、そもそもこの問題に興味が無いのか、のいずれかでしょう。

しかしこのままの流れでいくと、剛田は自主退学せよという結論になりかねない様子です。女子の気持ちも分からないではありませんが、そんなことでいいのでしょうか。

「ヤマはどう思うとるん？」

いきなり安陪さんから意見を求められて私は一瞬戸惑いました。

「剛田は……」

「呼び捨てすなや！」

剛田が私に向かって荒げた声を上げ、私の言葉を遮《さえぎ》ります。黙っていた剛田が怒声を上げたことで、教室を緊張と静寂が包みました。

私は今まで剛田のことを「君」付けで呼んだことがありませんでした。だから剛田のこの発言には戸惑いましたが、仕方なく彼の言葉に従うことにしました。

「剛田君も……下級生の面倒をよく見るし、慕われとるのを俺は知っとる。自分から喧嘩を売ったり、人を脅したりするところも見たことねえ。俺は悪《わり》い奴じゃねえと思うとる」

これまで女子が進めてきた「剛田は悪」の流れを一変させる私の言葉に、クラスが静まります。私は続けてこう言いました。

「俺は剛田君とも一緒に卒業してえ」

日頃の鬱憤《うっぷん》を吐き出したからなのか、それとも私の言葉に剛田の知らない一面を知った為なのか。クラスの張り詰めていた空気が変化します。

「よーし」

教室の後ろで成り行きを観ていたハマさんが、大きな声を静かな教室に響かせながら、生徒の間をすり抜けて前へ出てきました。

教壇に立ち、皆を見渡します。

「それじゃあ3年5組、皆で卒業するぞ。いいな！」

ハマさんは満面の笑みで皆を見ました。

「剛田はあとでちょっと来い。じゃあ、授業を続けるぞ〜」

そう言って私達に席に着くよう促しました。

そう思うとるのなら初めから教師がそう言や話は早かったやねえか。

ハマさんに不満を覚えながら、私は席に着きました。

しかし、先程剛田が扉を開く前と、何かクラスの雰囲気が変わった感じを私は受けていました。

◇◇◇

季節は県大会予選を迎えました。

攻撃の要であるシンが盲腸で入院し、監督のルール認識ミスで相手に点を献上するなど苦戦しましたが、結果私達は予選1位通過、つまり市大会優勝でした。

バレー部以外にも野球部優勝を筆頭にほとんどの部が県大会にコマを進めていました。

新たな攻撃パターンやピンチサーバー育成も含めて県大会までに確認することは沢山あり、出来る限りの準備はしましたが、他校のチームより上まわったかどうかは実際に試合で確かめるしかありません。

そして全中県大会の日を迎えました。

大会当日は試合会場まで皆で行くために、早朝山下中に集まりました。

私がグラウンド前で皆を待っていると、おはるさん達女子テニス部が横切っていきました。

「ヤマ！」

おはるさんが集団の中から声を掛けて私の方へ駆け寄ってきます。

「最後の大会じゃね。頑張ろ！」

「勿論じゃぁ！　これを最後の大会にするつもりはねぇけどな」

おはるさんは目を細めてニコッと笑い、仲間の元に去って行きました。

朝から縁起が良い。

勝利の女神の笑みを目にすることが出来るとは。

しかし試合は想像以上に厳しいものでした。市外のチームと練習試合を行うことがなかった私達は、県大会が行われる度に全く新しい未知の相手と戦う羽目になります。今大会は中学最後の県大会とあって、各チームの変化の度合いが激しく、相手のセットアップが読めません。これまで全くマークしていなかった選手が決めてきます。試合中にどう攻略するかを探りながら攻撃し、相手の攻撃に食らいついて繋いでゆき、タイムアウト中にそれを分析しながらマークする相手と狙う相手を確認して実戦してゆきます。各試合をそうやってギリギリで凌いで何とか決勝までコマを進めました。

あと一つ。

この試合に勝てば念願の全国大会に行けます。そう思い、私達全員が最後の体力と気力を振り絞って相手に立ち向かいました。最終セットの15点目が相手に入った時も、すぐには現実を受け入れられませんでした。

審判が笛を吹いてエンドラインに並んだ時にようやく、もう次のセットは無く、終わったのだと理解しました。県大会は終わり、私の中学バレー生活もこれで終わったのだと。

しかし不思議と後悔はありませんでした。

苦しい練習を経てレギュラーを獲得し、今現在の力を出し切った充実感の方が勝っていたからです。チーム全員が気の合う仲間でした。試合に全く出られなかったチームメイトには、あれ程応援してくれ、私達を信じてくれていたのに申し訳ないと思います。私もこれ程技術向上に執着したスポーツは初めてであったし、緊張よりも相手に立ち向かうことだけに集中した経験は初めてでした。あの日、彼が体育館まで誘ってくれなかったら、この競技との出逢いは無かったでしょう。

その日一日、私達はこれまでの出来事を語り合い、楽しかった日々に浸りました。

自分なりに満足いく部活生活だったと思い受験勉強に追われる夏休みを過ごしていたのですが、それで満足していた自分を悔やむ情報が入ってきました。野球部が全国大会決勝進出したと。ＴＶ中継までされて優勝する瞬間を私は目撃し、さらに地元では優勝パレードまで行われたのです。

私はその光景を複雑な気持ちで見ていました。誇りにも思うのですが、そこには妬ましさが混じります。素直に祝福してやれるほど私は人間が出来ていませんでした。彼等に対する劣等感を、嫌でも覚えてしまうのです。ただでさえ目立つ彼等が、新学期になれば更に羨望の眼差しを受けることは間違いないでしょう。

◇◇◇

2学期が始まりました。

3年生は進路を決める時期になり、授業も受験用の内容に変わっていきました。私は県内一の進学校である岡城高校を志望しました。ハマさんは問題ないだろうと言ってくれ、私とぐっさんには岡城高校のバレー部監督が勧誘にも来ました。

それでも私は気を緩めること無く、受験勉強に勤しんでいました。

「えーバレー部は市大会優勝だそうで」

隣に座るマサが何か言い始めます。私が無視していると少しの間をおいて。

「でも俺らは日本一～」

「やねこいのぉ～。何遍《なんべん》も言うな！」

私が噛《し》みつくと、マサは勝ち誇ったような笑みを浮かべます。

校長室の前には優勝写真が飾られていました。その写真はこの中学が存在する限り飾られたままでしょう。そして、野球部レギュラー陣には明るい未来が待っているのです。

しかし意外なことに、ヤクは名門校から勧誘が来てテストも受けたのですが、推薦は貰えませんでした。変化球投手であるヤクは肘が故障し、既に満足な投球が出来なくなっていたのです。しかし本人はそれ程落ち込んでいないようでした。今回結果を出したことに満足したのか、家でも親から強制されていたトレーニングから解放されたからかは分かりません。マサが「ゲームセットと同時にバッテリーで抱き合って感動シーンを作ろうと思って駆け寄ったのに、こいつ冷静でさぁ」と話しても笑っていました。ともかく落ち込んでいる様子は無く、1学期の時よりむしろ毎日を楽しんでいるようでした。

しかしそれはヤクに限った話では無く、この学年全員が残された時間を有意義に楽しく過ごそうと思っていることは間違いないようです。もちろん私もそのつもりでした。そして私にはもう一つ卒業までに為し得たいことがあったのです。
・・・・・・・・・・
おはるさんと親しくなる。

勿論《もちろん》他の同窓生とも出来る限り打ち解けてから卒業したいです。

しかし彼女は別格なのです。

彼女の笑顔は私だけに向けられるモノでは無い。

それは頭では判っているつもりなのですが、そう思わせる何かが彼女にはありました。

同じ笑顔でも私に向けられる笑顔だけは特別だと。

他の男と私は違うと。

彼女は私を特別な存在だと思っていると。

彼女が笑うと一種の魔力にかかったようにそう感じる私がいました。

それは誤解だと何度自分に言い聞かせたでしょう。

他の男に笑顔を向ける彼女を見て、何度落胆したでしょう。

彼女になって欲しいとまでは望んでいません。今の私は、謂《い》わば女性に対する心理的リハビリ状態。おはるさんをきっかけに、徐々に他の女子とも普通に会話を出来るようになってきていました。男女とも親しくなれる人物像を確立した上で、特に気が合うのは貴女なのだと、認識して貰いたかっただけなのです。傍《はた》から見れば些細な願望なのかもしれませんが、私にとってはそれが精一杯で困難なことに思えたのです。幸い私と彼女は同じクラスで、石田やマサと共に会話をする機会に恵まれていました。

「私が生まれた次の日にヤマがオギャーって生まれたと思うと、なんか可笑《おか》しいねぇ〜」

誕生日が私と一日違いだという事実が判明し、彼女はそう言って笑います。

「私、ゴルフする人嫌い。うちのパパ、ゴルフにいったい幾ら使っとる思う〜?」

私はゴルフに手を出すのはやめようと誓いました。

彼女と日々談笑しながら、私はこれでいいと思っていました。

このまま親密さを深めていけば何時か、何時の日か、私が一番おはるさんに近い存在になれる日が来る。特段女性を虜にするような魅力が無い私には、こんな地道な手段しかありませんでした。鬼崎も雅也もおはるさんに気があるようなのですが、私とおはるさんが志望している岡城高校へ合格することは無いでしょう。

時間が私に味方してくれる。

私はそう思い長期的なロードマップを描きました。

唯一の不安要素は合同選抜という入試制度。複数校が合同で入試試験を行うことで、優秀な生徒が浪人する、もしくは私立高校に行くことを避ける為と、県全体の進学校レベルを上げるために取り入れた方式のようなのですが、この制度のせいで、志望する高校に行けるかどうかが判らないのです。ここでおはるさんと離ればなれになってしまえば計略は頓挫です。その時は別の方法を考えるしか無いのですが、今は兎にも角にも彼女と親しくなることが肝要なのです。

◇　◇　◇

高校の合格発表当日を迎えました。

昨夜は合格した場合のパターンと、不合格であった場合の今後について思い悩みなかなか寝付けず、その為寝入ったのは東の空が蒼《あお》くなり始めた頃でした。なので起床時間が遅れた私にも一因はありました。

Mr.サトウから電話がかかってきたと起こされ、受話器を受け取ると開口一番。

「おめでとう。合格していたよ」

と言ったのです。

私は人生初めての合格発表を楽しみにしていました。自分の受験番号を探し、その数字が掲載されていた時の喜び。それを経験してみたかったのです。それをMr.サトウは見事に崩してくれました。

それでも私は高校まで見に行くことにしました。この目で自分の番号が掲載されているのを確認したかったからです。

実は私がこの岡城高校に来るのは初めてでした。合同受験故、私は他校で受験していたのです。

きつい坂を自転車で登っていくと、校舎が見えてきました。

校門をくぐり校舎を見上げ、私は愕然としました。

あまりに古い校舎。

百年を超える県内随一の伝統校だとは聞いていましたが、校舎の壁は薄汚れ、休日でかつ合格発表を見に来た人達も既に帰宅したせいもありますが、活気が無くどことなく雰囲気が暗いのです。確かに私の通っていた中学は新設校なので綺麗でした。それを差し引いてもこの暗さは何処から来るモノなのでしょうか。事前に見学に来れば良かった、と思いましたが、既に私はこの学校に合格しているのです。私は正門左手にある体育館の軒下にあった掲示板で自分の番号を確認すると、原因の分からない不安に包まれながら自転車で家路につきました。

受験結果から数日も経たぬうちに、中学最後の日を迎えました。

私は中学生活を懐かしみ、そして高校生活に想いを馳《は》せました。小学校の時と違い、此処にいるほとんどの仲間とは今日でお別れとなり、それぞれの人生を歩んで行きます。しかしおはるさんも同じ岡城高校に進学が決まっていました。そのことに対しては嬉しさと期待感を覚えるのですが、同時に雅也と不動も岡城に決まったという情報も得ていました。内申というモノをよく理解していなかった私は、そのことに疑問を感じていました。私より学力の高いぐっさんが希望の岡城に入学出来ず、別の高校に飛ばされていたのです。合同選抜入試のせいで、バレー部では私一人が岡城高校です。特にぐっさんは、岡城のバレー部監督に、私と共にスカウトの話が来ていたのに。

ハマさんの解散の合図と共に、仲間と最後の会話をする者、感極まり涙する女子生徒などが、一人また一人と帰宅する中、私を含む数人は教室に残っていました。

これから進む道、3年間の思い出を話し出すときりがなかったのです。教師から指摘を受けて教室を後にしたのは日没後でした。帰る道中もずっと思い出話をしていました。

そのグループから最初に別れたのは清水さんでした。

清水さんは皆と帰る方向が違う為、曲がり角でサヨナラを言って私達と違う方角へと歩いて行きます。一緒にその場に居た全員が、彼女の姿が見えなくなるまで立ち止まって見送っていました。彼女は卒業後、県外へ引っ越します。これが彼女を見る最後の姿でしょう。

その時です。

角の向こうに姿が消えたことを確認した私に、思いもよらぬ言葉が耳朶《じだ》を打ち、私の身体は硬直しました。

「ほら、ヤマ追いかけんの？」

おはるさんからそんな言葉を浴びせられ、私は驚愕のあまり思考が止まりました。

それは私が清水さんに好意を持っていると思っている口ぶりでした。

これまでの1年間、おはるさんはずっとそう思っていたのでしょうか。確かに清水さんとは一緒にクラス委員をしていました。

そしてなにより、彼女は控えめで声も小さく誰もが守ってやりたくなる存在で、同性でも母性本能を刺激されるような希有《けう》な女性でした。確かに私も小学校時代に好きになったことがあります。

しかし今現在私が好意を抱いている女性は、厳しい言葉を私に投げかけた貴女なのです。

ですが私は、私がおはるさんを好きだということを、彼女にも、他の誰にも知られたくありませんでした。今こうして自然に話せる状況を変えたくはなく、この関係性が壊れることを恐れました。

何を思ったのか私は、私の気持ちを知られたくないあまりに、清水さんが曲がった角の方へ歩を進めようとしたのです。

しかし次の瞬間、誰もが予想しない事態が起こりました。

金子君が清水さんの後を追いかけて走り始めたのです。あの大人しい金子君の意外な行動に皆は呆気にとられ、誰も何も言わずに家路につきました。

皆と別れ、独り家に向かって歩きながら私は、この1年の最後の日に現実を突き付けられ、無力感にさいなまされていました。

◇◇◇

春を迎え、恐らくこれまでで一番怠惰な春休みを終えた私は、岡城高校へ初登校する日を迎えました。

入学式当日、裏門をくぐり正門側へと向かうと、黒塗りの高級車がずらりと並んでおり、一体何の集まりがあるのだろうといぶかしげに見ていましたが、入学式に来た保護者達の車のようでした。その後数日岡城高校に通って気付いたのですが、医者や会社社長の子供が実に多いのです。合同選抜になると岡城高校は成績の良い生徒を独占出来なくなるため、一体何のメリットがあるのかと疑問に思っていたのですが、それで納得しました。他の高校は岡城高校に集中する学業優秀な生徒を獲得出来るというメリットがあり、岡城高校は優秀な「家系」を持つ生徒を選別出来るというメリットがあったのです。それはあくまで私の憶測に過ぎないのですが、私はこの高校に不信感を抱きました。学業優秀なぐっさんが忍びないです。

そして岡城高校は、県内一の進学校と言うこともあり、中学と全く雰囲気が違いました。良く言えば閑静な環境。悪く言えば陰気。

１００年の間に幾度か建て替えられたとはいえ古い校舎は薄汚れており、校内も薄暗く、生徒達も何か違いました。

小学校から中学までは同じ地区の同じ友達でしたが、高校では一から人間関係構築をやり直さなくてはなりません。しかしその生徒達が何か壁を作っている感じがして、なかなか打ち解けられませんでした。

特に山下中から来た生徒は異質として見られました。

雅也と宇神とは同じクラスになったのですが、偶然にも中学と岡城高校の校歌の歌い始めの歌詞が同じであったため、私達は途中から中学の校歌を大声で歌いました。それを他の生徒は白い目で見ていました。

粗暴。

特に雅也はそのように認識されたようでした。


それに授業スピードがまるで違うのです。数学などは教師が一方的に数式を解いていきながら、解答が出ると直ぐに黒板を消します。ノートに書き写すだけで精一杯でした。この学校の教師は、知識を教えることのみを目的としているようで、生徒と親交を深めようなどという素振りがありません。

担任の古賀は英語担当でしたが、毎日単語テストを行います。出る範囲は指定されるので、空いた時間は単語と例文の暗記に当てます。休憩時間には次の授業の準備もしなくてはなりません。

リラックスする暇が無く、冗談を言っても愛想笑いしか返ってこないのです。勉強以外に個性を認める雰囲気はなく、皆が敵であるような緊張感が、この学校にはありました。校舎の暗い雰囲気のせいなのか、それとも教師と生徒達が作る空気感なのか解りませんが、教室はどことなくどんよりとした空気に包まれており、雅也はすぐに不登校になりました。

私といえば迷うことなくバレー部に入部し、今と近い状況は中2の時に経験していた為、この高校はそんな場所なのだろうと割り切り、白球にぶつけることで授業中のストレスを発散していました。

バレー部には一足先にサンチも在籍しており、相変わらずゲタゲタと笑い、冗談を飛ばす姿は変わっていません。知り合いが、それも中学の先輩が部にいることに私は安心感を抱き、また美人で面倒見のいい女子マネージャーの存在が活力と癒やしをくれました。3年のエースアタッカーである後藤田先輩も、頼もしい上に大らかな性格で面白く、サンチの後輩だからか、何故か私を可愛がってくれました。他の先輩も個性があり直ぐに打ち解けましたが、唯一キャプテンの巻先輩は苦手でした。しゃべり方がキザな上に、我々後輩を明らかに見下しているのです。いずれ共に戦う同期には、県大会で見覚えのある奴らが揃っており、そして入部して判ったことですが、監督は県バレーボール協会の理事をしていて、そのためか想像していたよりも岡城高校バレー部は強かったのです。

それよりもなによりも意外なことが起こりました。

おはるさんが女子バレー部に入ったのです。

高校にはテニス部もあり理由も聞かなかったのですが、私にとっては晴天の霹靂でした。

◇　◇　◇

「よう、ヤマ！」

私が地元大通りの歩道を歩いていた時です。大通りとはいえ田舎なので車は少なく、静かな車道からいきなりドスの効いた声が聞こえ振り返ると、バイクに跨がったノーヘルの剛田が、満面の笑みを浮かべていました。私の記憶にある限り、剛田から私に声を掛けてきたのは初めてでしょう。

まさか車道から声を掛けられるとは思っていなかった私は驚き、それが剛田であったことに一瞬躊躇《ちゅうちょ》したのですが、彼の自然に溢れる笑顔に緊張から解放されました。

「びびったぁ、剛田か。どしたんそのバイク」

「こうたん《買った》や。どげえか《どうなの？》、高校は」

「ああ、中学とは違うのぉ。馬鹿する奴が少ねえわ」

「そうじゃろのお～。岡城じゃけんのぉ。銀次も不登校になったらしいのお」

「そうなんじゃぁ～」

「ま、頑張れよ」

そう言って、派手なエンジン音を噴かして剛田は走り去りました。進学しなかった彼も、それなりに自分の人生を送っているようで、久しぶりに見た剛田の笑顔と生き生きとした姿に、なんだか気分が晴れた気がしました。

◇　◇　◇

中間テスト前に、雅也が突然登校してきました。戻ってきた雅也は吹っ切れたように明るく、不登校になる前から早速一目置かれる存在になっていたので何が不登校の原因だったのか不明でしたが、以前と違いクラスメイトと積極的にコミュニケーションを取るようになりました。応援団の大柄で厳つい小久保から大人しそうな下田、新入生代表挨拶をした藤原さんまで分け隔て無く心を開いて友人となり、お陰で私も友人が増えました。

そしてあっという間にクラスの中心人物となった雅也は、皆で呑みに行こうと言い出し、人心掌握術に長《た》けた雅也の提案に冒険心をくすぐられたのか、大多数の男子が賛同しました。

クラスの男どもと集まったのは、歓楽街にある居酒屋。私も飲み屋に入るのは初経験です。大部屋を一室貸し切り、直ぐに飲み会は始まりました。しかしそこは高校生。飲み方も知らず、綺麗で耐性の無い肝臓を持つ皆はすぐに酔っ払い、収拾がつかなくなりました。下田ことシモちゃんは宴会開始直後からトイレに籠《こ》もりっきりでした。

私は雅也の横に座って乾杯を交わし、

「雅也、よく帰ってきてくれたのぉ。もう、来んのかと思うとったで」

「担任が毎日家に来るけん、たいぎい《面倒くさい・だるい》でのお」

「え？　毎日!?　あん《あの》古賀が？」

担任の古賀先生は、小柄で分厚い眼鏡をかけ薄い髪を横分けにし、授業中も冗談など一切言わず、生徒に興味があるようには見えない真面目そうな教師です。

「あいつ、意外に熱血教師やぞ」

そして少し嬉しそうな顔をし、雅也は続けました。

「毎日あいつに熱弁されてのぉ。高校は卒業しようと思った」

そう言って雅也は煙草を咥えました。

この雅也の心境を変化させるなんて、どれ程の人間力を持っているのだろうと、私は古賀を見直したのです。煙草の下にあるラブホのカードが目に入り、問い詰めようと思った刻《とき》でした。

「銀次、呑みようかい！」

宇神を先頭に、数人が銀次の側《そば》に雪崩込んできました。あの真面目な藤原さんことカッサンも居ます。藤原さんは中学の頃から藤原鎌足をもじってカッサンと呼ばれていました。それ以上休学中のことについて追求する暇も無く、宴は次第に収拾がつかなくなっていきました。

そのうち宴会はお開きとなり、便所に立て籠もるシモちゃんを抱えて店を出ました。シモちゃんは親が迎えに来るらしく、親の車を待っていると彼はしきりに皆に「今日呑みに行ったことは黙っとってな」と念を押していました。ところが。親の車に乗って皆に手を振りながら彼はこう叫んだのです。

「また呑みに行こうなぁ～」

車中で彼が母親から問い詰められ、灸を据えられて鬱《ふさ》ぎ込む姿が想像されました。

＝＝＝＝＝＝＝＝＝＝＝＝＝＝＝

「ヤマ」

それはクラスの皆とも打ち解け、平穏な学生生活を過ごしていたときでした。

私の名前を呼ぶ声に振り向くと、後藤田先輩が神妙な顔つきで立っていました。いつも大らかな笑顔で、練習中も気力充満な先輩のこんな顔を見るのは初めてです。我がチームのエースアタッカーで攻撃の要《かなめ》な上、精神的支柱でもある男の顔ではありませんでした。

「はい」

「お前、おはるさんと同中じゃったよな」

予想もしない言葉が後藤田先輩の口から出て、私は嫌な予感を覚えました。今先輩は春野さんとは言わず「おはるさん」と言ったのです。

「おはるさんを……紹介してくれんか」

予感が的中します。

私は戸惑いました。

自分が好きな人を、たとえ尊敬する先輩だとは言え、仲を取り持つ役など引き受けるだろうか？　普通。

しかし後藤田先輩はアタックの打ち方を直接指導してくれたり、「脚力強化じゃあ」と言いながら自分は後ろに乗って私に自転車を漕がしたりしながらも、着いた先でジュースを奢ってくれ、それを飲みながらエースとしての心構えを話してくれたりと、何かと私に目をかけてくれていました。その行動は卒業後のチームのことは私に任せたと言ってくれているようで、私は自信を貰い、そして先輩を尊敬し、先輩のプレー全てを吸収しようとエースアタッカーのプレーを何時も見ていました。プレーヤーとしても一人の男性としても私の理想像で目標でした。

その先輩から出た言葉です。

女子バレー部におはるさんが入部したことを安易に喜んだ自分を後悔しました。先輩は同じ体育館にいるおはるさんを見て惚れたのでしょう。

恐らくはあの笑顔に。

時折見せる、切れ長の目の端から漏れる色香に。

バレー部に入るくらいなので元々背が高くスタイルもいい上、最近髪型も外巻きにしてスカートも長めに変え、異性の目を引く魅力が増していました。

そんなおはるさんと旧知の仲ということで、普通に会話出来るだけで喜んでいた私が莫《ば》迦《か》でした。

中学の頃は皆、互いを牽制することで彼女に告白するような行動に出る者は居《お》らず、高校へ進学してライバルが減ると算段していた私は、ライバルが増える可能性を忘れていたのです。

しかも後藤田先輩は面白い上に精神的にも肉体的にも頼もしい。友人も多く、他の部活生ともよく話しているし、その様子からしても人気者でリーダー的立場です。そして何よりも包容力があります。恐らく多くの女性からも好感を得ているはず。そんな先輩が付き合って欲しいと言えば、おはるさんは承諾するかもしれません。

私が早くおはるさんに告白すれば良かったのでしょうか。

しかし私には、そんな勇気も行動力もありませんでした。

玉砕したら二度と彼女と話すことも笑顔を見ることも出来なくなる可能性を、払拭することが出来なかったのです。それに中学最終日に彼女が言った「ほら、ヤマ追いかけんの？」という言葉。私の気持ちが微塵にも届いていなかったと思い知らされたあの言葉が、一歩を踏み出させずにいました。告白するにしても、もう少しおはるさんと親しくなり、了承して貰える可能性が高まるタイミングを待つつもりでいました。

私がおはるさんを好きな気持ちに変わりは無い。

ここは自分を裏切ること無く、男らしく先輩の申し出を断るべきだ。

そして私はこう答えたのです。

「はい……」

◇◇◇

愚か者。

私を形容する言葉は正にそれでしょう。

私は莫迦《ばか》です。彼女に自分の気持ちを言わないのなら未《ま》だしも、私が他の男の告白に手を貸すということは、彼女に「私は貴女に気が無い」と思われても仕方が無い行為でしょう。

情けない……。

しかし先輩と約束した以上、二人を会わせなければなりません。

私は彼女が一人でいる時を狙って「おはるさんに会いたいという人がいるので明日の放課後に教室で待っていて欲しい」と告げ、次に部活前「明日会わせるので部活前に部室に来て欲しい」と先輩に伝えました。

(これでいいのか……?)

告白を承諾したら、彼女のあの笑顔は先輩だけのモノになってしまいます。

おはるさんがバレーを始めて数ヶ月。展開が早すぎます。

あの娘可愛《こ》いだとか、先に何かと噂が耳に入ってから仲介を頼まれるのが普通の流れではないのでしょうか。

今回はあまりに唐突な話だったので、何も考えられずに依頼を受けてしまいました。

後藤田先輩の即決さも男らしい一面なのでしょう。

それとも上級生の間では、既におはるさんは注目されていたのでしょうか。

いくら考えても明日は無情にも訪れ、先輩をおはるさんが待つ教室に連れて行く刻が来ました。

◇◇◇

廊下を歩きながらも、何時もと違う先輩の雰囲気が伝わってきました。あの先輩が無言。緊張感を纏《まと》っています。先輩が本気であるとの意思が伝わってきました。

二人で静かな廊下を進んでいきます。

まだ待ち合わせの教室には着いていません。

先輩が「やっぱり止《や》めた」と言い出さないだろうか。

まだ引き返すことは出来るのです。

しかし、既におはるさんは待っているはず。

先輩に一人で行って貰う事も考えました。

私が同行しなくても、既にお膳立てはしたのだから先輩は一人で行けるでしょう。

先輩を連れて行った時、おはるさんに対して私はどんな表情をすれば良いか判らないのです。

辛《つら》い。

こうなったら、彼女が教室に来てくれていないことを祈るだけでした。

もし付き合う気が無いのなら、彼女は来ないかもしれません。

どうか教室に居ないでいて欲しい。

万感の想いを込めて教室のドアを開けました。


誰もいない教室に、椅子に座る彼女の姿がありました。

おはるさんが顔を上げてこちらを見ます。

今までに見たことの無い表情をしていました。

私はおはるさんに近づき、先輩を紹介します。

二人は無言でした。

私は机と椅子を移動させ、二人を向かい合わせに座らせて、私はその横に座ります。

無言の二人と沈黙に耐えられず、私は改めて先輩の紹介をし、次におはるさんの紹介を始めました。中学で何の委員をしていたか、元々テニス部だったとか。私が知っている彼女のことを事細かに話しました。


二人きりにしたくなかったからです。

表向きは二人の緊張感を解《ほぐ》す芝居をしながら、私は必要以上におはるさんのことについて語《かた》りました。

暫く話していると、頷きながら黙って聞いていた先輩が、横目で私を見ました。

その目がそろそろ二人きりにして欲しいと言っています。

私もこれ以上話し続けたら、私がおはるさんのことを好きだということを、先ずは先輩に悟られることに気付きました。

「じゃあ……」

と言って私は教室から出ました。

ふう……、と一息ついて、私は部室の方へ歩き出しました。

まるで道化師《ピエロ》です。

◇◇◇

先輩は遅れて部活に出てきました。

「どうでした？」

と問う私に、後藤田先輩は悲哀を帯びた苦笑いを浮かべただけでした。

歩き去る先輩の背を見ながら、おはるさんは断ったのだと判かりました。

先輩には申し訳ないですが、私は安堵しました。今度ばかりは、おはるさんは承諾するのでは無いかと思っていましたから。

何故彼女はこうも男性を虜にするのでしょう。その明確な理由が私には判りません。しかも惚れる男がいずれもイイ男ばかりだから困ります。そういう話を耳にする度に彼女が遠い存在に感じられ、私は少しでも近づきたい、近づかねばと焦るのです。

しかし、その方法が判りません。

彼女に振り向いて貰うような男になるにはどうすればいいのかが。

部活で日本一になれば良いのか？

学年一勉強が出来れば良いのか？

男を磨く？

しかし私には運動も学業も一足飛びにレベルアップさせる才能も能力もありません。男を磨くに至っては方法が判りません。

そもそもおはるさんが好む男性とはどのような人物なのかが判らないのです。彼女の交友関係が広すぎ、逆に嫌いな男性像が思い当たりません。

私は未だに、おはるさんが先輩にどう言って断ったのか、それを聞く機会どころか二人を会わせた後ろめたさから会話すらまともに出来ないでいました。

上の空でコートに立っていた私の顔面をボールが襲い、巻に怒鳴られました。

＝＝＝＝＝＝＝＝＝＝＝＝＝＝＝

深夜に降り出した雨は朝には止み、青空が見えていました。

私はギリギリまで寝、起きてすぐに制服に着替え、朝飯を食べること無く自転車に乗り学校へと向かいました。一度坂を上り墓地を抜け、そこから急坂を降りてゆきます。最初から坂を下るルートもあるのですが、このルートが最も早かったのです。ただこの坂は、車でもアクセルを踏みっぱなしで上がらなくてはならないほどの急勾配で、自転車で降りる際はブレーキを調整しながら下る必要がありました。もう少しで道が左にカーブする箇所に近づいたため、私はブレーキを強く握り――。

その時異変を感じました。

スピードが落ちないのです。

元々中古で買った自転車で、ろくにメンテもしていなかったためか、ブレーキパッドの摩擦が効いていません。雨で路面が濡れていたことも、ブレーキパッドの摩擦力を低下させる要因にもなったのでしょう。カーブは近づいてきますが、自転車のスピードは全く落ちる気配が無く、逆に加速しているためカーブを曲がるのは不可能と思われました。ガードレールにぶつかって飛ばされたとしても、その向こうは崖になっています。

私は一か八か飛び降りることにしました。

カーブの右側は人家に続く道になっています。

立ち上がってサドルを跨いで片方のペダルの上に乗り、手を離すタイミングを計り――。

最後に覚えているのは、迫るガードレールの映像でした。

◇◇◇

「……い。おい！」

誰かが呼ぶ声に、私は目を開けました。

起き上がると、宇神が自転車に跨《また》がって、上から私を見下ろしています。

私は今置かれている自分の状況が判らず、起き上がって辺りを見渡しました。振り返ると後ろにはガードレールの基礎部分に当たる、高さ30cm程の壁があります。この壁面に頭頂部を当てた状態で倒れていたようです。

「どげぇしたんか、お前」

どうした、と問われても、私の記憶はガードレールが迫ってきた所から無いのです。私は立ち上がると自転車と鞄を確認しました。肩から下げていたシューズバッグが見当たりません。

そこでようやく事故を起こしたと気付いた私は、

「わりい。俺帰るけえ、先生に言うといてくれんか」

「しゃーねん《大丈夫なの》か？」

「大丈夫のようじゃ。一応病院に行ってくる」

宇神は「気ぃつけえよ」と言葉を残し、坂を下っていきました。

残された私は、改めて身体を確認しましたが、疑問を覚えるほど何処も痛くなく、怪我も服が破れた箇所もありません。起きた時の体勢から、恐らく壁で頭を打ったのは間違いないでしょう。

シューズバッグはガードレール向こうの崖の下にありました。私はバッグを取りに行き、拾い上げてみると肩紐が切れていました。腕から抜けたのでは無く、ぶつかった衝撃で紐が切れたのだとしたら、一体どれほどの衝撃を受けたのでしょうか。それでいて身体に痛い箇所が無いとはどういうことでしょう。身体に異変を感じないことから、学校へ行こうと思えば行けたかもしれません。それよりも事故に遭《あ》ったという心理的疲労感が、高校へ行く気力を消失させていました。私は家に戻り、驚く母に説明し脳外科へ行きましたが、脳波の検査でも異常は見られませんでした。母は記憶障害を、飛び降りる前に気絶したと思ったようで「情けない」と言いました。しかし数日後、頭皮から赤黒いフケのような物が出てきたので、頭を打ったのは間違いないようです。事故を起こしたのが墓地だということが頭をかすめましたが、関係性は無いと思いました。

◇◇◇

最初に異変を感じたのは練習が終わり、最後に監督を囲んで話を聞いている時でした。
全員直立不動で監督の説教を聞いていた時に私は、自分の顔が小刻みに震えているのに気付きました。

おかしい。

こんなことは初めてでした。

実は母が昔から震えます。私は幼い頃からそれを不思議に見ていましたが、まさか私もそうなったのでしょうか。

遺伝？　それとも自転車事故のせい？

正直に言えば、母の震える姿について私は、母を蔑《さげす》んでいました。どんな勇ましいことを言っても叱るにしても、全く怖くない。何故なら震えているから。怒られても何故この人は震えているのだろうとしか思えず、誰かと話している時も「この人は何故緊張し何に怯えているのだろう」としか思えませんでした。私はどんな相手にでも目を正面から見て話せましたし、例えば石になったつもりで身体を微動もさせないということを得意としていましたから。

震えるということを卑下《ひげ》していた自分がまさか震えるようになるとは。

友人に莫迦《ばか》にされるかもしれない。

言い争いになっても確実に見下されて負ける。

震えが酷くなる前に、どうかして治さなければ。

監督の話など全く耳に入らず、私は震えを抑えつけようと努力し続けました。

◇◇◇

授業中も私は震えについて考えていました。整骨院に行ってみましたが、首を牽引するだけで一向に良くなる様子はなく、薄汚れた校舎の陰気な雰囲気の中で陰気な教師の声を聞く苦痛を覚えながら、私のテンションはこれでもかと言うぐらい下がっていました。この雰囲気によるストレスが震えの一因とも思えました。


「山崎ぃ、次を読め」

急に教師に指名され、私は我に返りました。教科書を持って立ち上がり、息を吸います。

そこで異変が起きました。

息が吐き出せないのです。

吸うばかりで肺が苦しくなります。

息を吐き出せないので声帯が動きません。

教室の沈黙に恐怖しました。


ようやく読み始めると、私の声は震えていました。

誰も笑わないし教師も指摘しませんが、確かに震えているのです。

つい先日、やはり音読の際に声を震わせていた女子生徒のことを、休み時間にクラスメイトと莫迦《ばか》にしたばかりの私が。小学生英語弁論大会でブロック大会まで行った私がです。中学時全校生徒の前で発表する際、舞台袖で待っている時隣の奴に「ヤマ、緊張せんの?」と聞かれて「別に……」と答えたこともありました。

教師が「よし、そこまで」と終了を告げ、私は椅子に座りました。人前で話すことを得意としていた私は、その自信を失っただけで無く恐れるようになってしまいました。

授業が終わり、教師が「どうしたんか」と尋ねてきましたが何も言えませんでした。

教師が教室から出て行くと、カッサン達が寄ってきて、

「ヤマ、どしたん。怒っとったん? ぶち不機嫌そうじゃったなぁ」

と、笑いながら問いかけてきました。

声が出る時にだけ読んでいたため、声も小さくかなり間を置きながら読んでいました。カッサン達にはそれが如何《いか》にも不機嫌そうに、教師に喧嘩を売っているような印象を与えたようでした。先程の教師は皆から嫌われていましたから。

私が苦笑いを浮かべて目を合わせずにいると、カッサン達は去って行きました。カッサン達が最終的にどう思ったかは判りません。しかし私だけは真実を知っています。

『自信』とは自分を信じると書きます。

自分が自分で無くなったような感覚。自分を信じられなくなった私は、全てに自信を無くしました。おはるさんに認められる男を目指すなど到底無理です。そんなことを気にす

る余裕さえ失っていました。

次の日から私は、教室で指名されることを恐れました。

席順で続けて読まされる際には、順番が近づいてくると身体が硬直してきます。当てる基準を決めている教師、例えばその日の日付から出席番号で指名する教師もいましたが、日付が私の出席番号の日にその教師の授業が重なった時は学校を休もうかと、足の骨を折ってみようともしました。出席してもいつ指名されるのかと、恐怖で授業中ずっと身体を強張らせ、呼吸が苦しくなり汗が噴き出ます。教室では常に緊張状態でした。首の震えは日増しに強くなっていきました。

2年に進級する際には、理系コースか文系コースかを選ばなければならず、それでクラス分けが行われることになります。私はどちらかというと文系科目の方の得点が取れていました。小学校の頃、図書館の本をほとんど制覇していた私は、国語であればほとんど勉強せずに問題を解くことが出来ました。暗記が得意なので、古文や歴史も問題ありません。しかしほとんどの生徒は数学が苦手か得意かで選択しており、特に女子は数学が嫌いなようで、おはるさんも文系へ進むようでした。

しかし私の幼い頃からの夢は発明家になることでした。不要品から何か価値のある物を創り出したい。「ガラクタに囲まれた生活をする」と、小学校時に将来なりたい夢にそう書き、母は困った顔をしたものです。図書館で読んでいた本は小説だけで無く、今現在世の中にある製品はどのような構造で、どのような発見によって作られ改良されていったかという本も好んで読んでいましたし、ＴＶドラマも主人公が身近に在るモノを知識を活用し、武器や道具に変えて逆転するモノを見ていましたし、建造物にも興味を抱き、日曜朝の新築の家を訪問する番組も見ていましたし、ローマ建築や日本の寺院の構造にも感心して、自分も巨大構造物を設計し、作品を後世に残したいという願望も持っていました。か私は理科が好きだったのです。夜空を見上げて星座を探すことが好きだった私は、宇宙が誕生してから現在に至るまでの過程も、地球が誕生し生命が生まれるという神秘に迫ることも好きでした。結果的にどの分野を選択するかは後で考えるとして、どの道を選ぶとしても理系コースを選択しなければならないのです。数学は不得意でしたが、公式と解法を全部暗記すれば良いと、そして将来やりたいことをするには、数学は欠かせないと考えました。おはるさんと再び同じクラスになることは諦めなければなりませんが、私は理系に進むことにしました。

何より、音読する機会が減ることを、私は選択したかったのです。

◇◇◇

後藤田先輩達が卒業し、新チームも形になってきていました。新入部員も入り、その中には中学の後輩もいました。松嶋は姉が私と中学の同級生で、優しい姉は弟の手を繋いで登校していました。弟の方は姉と手を繋いで登校する姿をからかわれたりもしていましたが、バレーは上手でした。

授業が終わると私は緊張から解放されます。

練習で動いている間は首の震えは目立たないですし、大声を出せば声が震えることもありません。部では私の震えに気付いている者は恐らくいなかったので、私も震えのことは忘れて集中できる貴重な時間でした。激しい運動をすればする程、震えを誤魔化すことが出来るため、私は練習にのめり込み、２年に上がった最初の試合で私はレフト対角に入ることになりました。高校バレーを始めた頃は、ブランクとネットの高さが上がったことで上手くアタックが打てませんでしたが、日々の練習でジャンプ力も全身の筋肉も強化され、先輩が後衛時の攻撃主軸を任されるまでになったのです。

初の公式戦では、役に立たなければ交代させられるだけだと、開き直ったことが功を奏したのか、任された仕事をしっかりこなして勝利できました。

「練習の時より良かったわ。本番に強いんじゃね」

と、マネージャーからも褒められ、有頂天になったものです。

ですが部活で心が軽くなる分、昼間の授業が益々苦痛に感じるようになってしまいました。

ただし美術の時間だけは心持ちが違いました。まず人前に立つことも音読するようなこともありません。デッサンなどは白い紙だけに集中すればいいので、自分だけの世界に浸れます。元々絵が好きな私は、その時間だけは前向きに取り組め、その日の課題が終われば友人とだべり始める生徒もいましたが、私は美術室の石膏像をデッサンしていました。その姿を見ていた美術教師はある日、高校県美展に応募する作品を描いてみないかと声を掛けてきました。私は教師の誘いに乗り、初めてキャンパスに油絵を描いてみることにしました。

何を描こうかとモチーフを探し、一枚の紅葉の写真からインスピレーションを得て、筆を使わず全てをナイフで描くことにしました。

美術部では無い私は、部活が始まる前の時間など、空いている時間を見つけては美術室でキャンバスに向かい、徐々に仕上げていきました。紅葉の原色を表現したかったため、色がキャンバス上で混ざらないように一色が乾いてから次の色を塗るので思っていたより時間がかかります。締め切り直前には家に持ち帰って、ドライヤーの熱で酸化・乾燥させながら作業しましたが、結局期日に間に合わず未完成のまま県美展に送付することになりました。描き終わっていなかったのはメインの白樺の木でした。私は白樺の質感を出すために、油絵の具に砂を混ぜるつもりでした。紅葉はこの白樺の幹の「背景」の予定だったのです。

しかし思いも寄らぬことに、その絵が県美展で入選したのです。

県立美術館まで確認しに行くと、確かに私の絵は飾られていました。他の入選作品も見ましたが、明らかに私とは技術が違います。美術の技術が高いと言う基準で選考が行われたのだとしたのなら、よく私の絵が入選なんかしたものです。

　後日私は監督に呼び出されました。

「絵なんか描いとる場合なんか。お前は」

　説教が始まってしまいましたが、私は甘んじてそれを受け入れました。練習時間を削ったのは確かでした。

　私の描いた絵は教頭が売ってくれと言ってきたので、言い値で売ることにしました。自分で値段を決めることも出来なかったし、教頭の評価を金額で知りたかったからです。言われた金額は5千円と材料費程度だったので、後に私は売ったことを後悔しましたが、その時は商品としての評価を得たことに、何よりの喜びを感じていました。

　県美展が終わってから私は再び部活に集中し、県大会の日を迎えました。2年からは阿部もレギュラーに選ばれました。

　結果はベスト4でしたが、私はこの大会で新たな感覚を会得しました。

　最高到達点で上昇力と重力が釣り合い、私とブロッカーが滞空する宙で、視界に入る全てが時間が止まったように静止する感覚。極限の集中力と緊張と闘争心がクロスし生み出すこの現象と、その景色に陶酔しながらも、ブロッカーの間に見えた床に白球を叩き付ける快感。今大会の収穫と言ってもいいでしょう。

しかし同時に我がチームの力量も知らされました。

後に日本代表選手を輩出する強豪校である工業高校。卒業後プロとなる怪物が入部した林工。私達はこいつらと1年間戦わなくてはならないのです。

試合後、監督の駄目出しが行われました。

どの試合のどのプレーが駄目だと一つひとつ指摘してゆき、私達は直立不動でそれを聞いていました。

続けて監督はこう言ったのです。

「結局良い素材が集まらんと、強くはならんのじゃ」

言葉を発した直後、監督は一瞬言葉に詰まりました。しまった、と言うような表情を浮かべましたが、もう遅いです。

監督は私達の自主性に任せて練習に顔を出さないのかと思っていましたが、違ったようです。

私達では無理。

だから、練習にもめったに顔を出さない。

本音が出てしまったのです。それを聞いてしまった選手と監督との間で生じたヒビは、恐らく永遠に修復しないでしょう。

先輩達が引退し、私達はキャプテンを選出する事になりました。話し合いは私なのか阿部なのかで揉め、結局監督に最終判断をして貰うことにしました。ところがその場で阿部は泣き出したのです。

高校生にもなって泣く奴がいることに驚きました。

阿部は中学でキャプテンだったらしく、何があったか語りませんが、あんな思いはもうしたくないとのこと。

監督は「駄目なら途中で変わればええ」と言い、私がキャプテンを務めることになりました。私はエースアタッカーというポジションを極めたかったのですが、キャプテンである以上、チームをまとめ、率いていかなくてはなりません。部の総会にも出なくてはならないし、抽選会にも出なくてはならないのでその分練習が出来ません。攻撃的なチームにするのか、拾ってつなげるバレーにするのかその両方をバランス良く強化するか。チームの方針も決めなくてはならないし、それによって練習内容やポジション決めの構想も持たねばならず、そしてそれをあの話したくも無い監督と相談して決めなくてはならないのです。

問題は早々に起こりました。

昨日の練習後、ミーティングをするかどうかも確認せず、２年の誰にも帰ることを告げぬどころか挨拶もせず1年が先に帰ったのです。

私は昼休みに全員部室へ呼び出し、正座をさせ、説教を行いました。何か言い訳しようとする奴にはビンタを食らわせて黙らせました。

本音を言うと、私は1年が先に帰ろうがどうでも良かったのです。しかし、キャプテンとしてチーム内の規律は守らせなければならず、他の2年も私に文句は言いつつも注意するつもりの奴はいないようで、その証拠に私以外の2年は誰もいません。だからといって私が見過ごせば他の2年は私に文句を言うのでしょう。怒りの矛先は私に向かい、2年の雰囲気が悪くなるのです。

面倒な役を引き受けてしまった。

私はそう思いました。


暫くして私は、部というか部員の変化に気付きました。

何か様子がおかしいのです。皆練習は真面目にしているのですが、私に意見を言ってくる奴がいないのです。私の指示に素直に従っているのですが、動きが鈍く、私の言うことに渋々従っている雰囲気です。

この雰囲気は不味い。

このままではチームの成長は無い。

前々度のチームには後藤田先輩がいました。前年度キャプテンは物静かでしたがサンチがいました。チームを鼓舞する、または盛り上げるムードメーカーがいない現チームは、私が盛り上げていくしか無い。そう思い私は声を張り上げますが、一向にチームが盛り上がる気配がありません。部活後に麻雀したり買い食いしたりしていた同期も、サッサと帰宅する部員が増えていました。

問題は私にあるようなのです。

ある日私は、帰る方向が同じセッターの東に聞いてみました。

初め東は話すつもりは無かったようでしたが、こう言いました。

「お前、橘と練習前に遊んどったじゃろう」

橘はバスケットボール部の主将です。ある日私は、昔好きだったバスケット勝負を橘に挑みました。主将同士何かと顔を合わせる機会があるので、橘と親交を深めたい気持ちもありました。意外に接戦となったため、バレー部員がトス練習を始めていることに気付き慌ててバレーコートに戻ったのですが、東が言うには、それが皆の反感を買ったらしいのです。

たった一度の行為が信頼を失わせ、チームの結束を壊した。

自分がしでかしたことを無かったことにすることは出来ません。

私はこれまで以上にバレーに集中し、皆の信頼を取り返すしか方法はありませんでした。何処からでも得点が取れるように、これまで皆が嫌って孤立していた部員にお願いして難しいボールを上げて貰い打つ特訓を行い、チームの精神的支柱になるよう精進し、そして試合で結果を残す度に少しずつ皆から認めて貰って、信頼を徐々に回復させてゆきました。

そして時は過ぎ、学年が上がると共に、練習成果を試す最後の大会に向けて動き出し、時折夏日が観測されるようになった季節を迎えると同時に、私の部活生活は佳境を迎えました。

――インターハイ県予選大会――。

私にとって高校生活最後の大会。負ければ即、そこで私の部活生活は終わりです。しかし只《ただ》では終われません。この大会で林高と工業から勝利を奪い取る。その為に休みも返上で練習に明け暮れていたのです。この二高へのリベンジを胸に、私は大会当日を迎えました。


練習場でひと汗かいた私達は、開会式に出るため試合会場へ向かいました。風の影響を避けるため締め切られた体育館の中は、各校の男達がひしめき合い、汗とボールの皮の臭いに包まれ、緊張感と熱気が漂う空間に、男達の野太い声が木霊します。誰もがこの大会に挑む気持ちは同じでした。

試合の組み合わせは既に決まっており、グループ別総当たり戦で2回勝てばトーナメントに進み優勝校を決めます。幸運にも私達はグループで林高にも工業にも当たっていませんでした。

故に私達の部員誰もがトーナメント戦に残ることを疑っていませんでした。

開会式が終わり、1戦目を順当に勝ちました。相手チームにはシンがエースアタッカーかつキャプテンとしていたのですが、私はシンを敵と見なし、手を抜きませんでした。次戦は公式戦でこれまで負けたことが無い北里高校との対戦でした。

いつも通りでいい。

私はそう考えながら、試合開始のホイッスルと共にコートへと飛び出しました。

序盤は均衡を保ったまま試合は進み、徐々に私達のチームの方が点数を上回っていきました。

何時もの流れ。

我がチームはこれまで進学校のチームには負けたことがありません。しかし進学校の中で唯一、しつこく練習試合を申し込んできていたのがこの北里高校でした。

確かに北里は実力を上げていました。しかしそれは私達も同じです。

毎日腹筋、背筋、指立てふせ、側筋、V字腹筋を練習前後にそれぞれ計200回。コートを意識が薄れるまで走り回るレシーブ練習。コーンを置いて狙いを定めたサーブ練習。

新たな攻撃パターンの考案と練習。

その努力が報われないはずはないと思っていました。

しかし――。

私の視線の先に、床に転がるボールがありました。

相手のブロックを打ち抜くと思えたスパイクは予想した軌道から消え、着地した後に振り返ると足下から遠ざかって行くところでした。

完璧なシャット。

私のアタック力を倍増したような速度で、なおかつ真下へ。味方の誰もフォロー出来ないほど見事なまでに、私のアタックは相手のブロックに阻まれたようでした。

相手のブロックを確認した状況でこれほどまでに完璧に捕まった経験が私にはありませんでした。

相手チーム選手は皆、歓喜しています。

「よーし、次！　1本で切るぞ！」

まだサーブ権が移っただけで得点が入ったわけでは無く、次で決めれば点差に変わりは無い。そう切り替えてメンバーに声をかけました。

しかし次のスパイクも止められたのです。

まるで先程のプレーをリプレイしたかのように。


北里のブロック力が数段上がっている？

それとも私のタイミングに合わせられている？

私は滞空時間が長いことが武器でした。その間にブロックの枚数や隙間を確認してコースを打ち分けることも可能ですが、他の選手と同じタイミングでブロックに飛ぶと、ブロッカーは壁を作り終えた後に私はアタックするため、相手は最もブロックに力を込め終わった後、落下に入ったタイミングでブロックすることになります。そのコンマ数秒のずれが、ブロックを弾き飛ばす私のスキルでした。

北里の選手が私と同等の滞空時間能力を獲得したのか、私のタイミングを研究してきたのかは判りません。どちらにしても私は完全にマークされてブロック枚数を揃えてきており、かつ私のアタックタイミングが完璧に盗まれているのは間違いありません。その打開策が思い当たらず、次もブロックポイントを取られ、遂に逆転されてしまいました。

次のレシーブでも私にボールが上がり、最終的に私はフェイントを選択して、ボールは相手のコートに落ちました。

戦術的な選択ではありません。

私が負けたのです。

以前、アタックラインの内側を狙ってアタック練習している私達に監督はこう言いました。

〝アシの長いボールを打て。〟

〝ネットからボールを離せ。〟

監督の言葉をこの場面でようやく理解しました。

私が捕まっていると判断した監督は試合終盤で私を交代させ、最後の得点が相手に入るまでコートに戻しませんでした。

私の部活生活が終わりました。

この最後の瞬間、自分がコートの外に居るとは思ってもいなかったです。

次の試合が始まる為、私達は感傷に浸る間もなく二度と立てないコートを後にして体育館の階段を上がって行くと、工業の主将がすれ違いざま「捕まりすぎじゃ」と、私にだけ聞こえるように呟いていきました。


私は生まれて成長する程、様々な経験をし、その度に何かを「獲得」していくモノだと思っていました。何かを得る度に心身とも強くなり、未来の選択肢は無限に広がる――。挫折を経験する度に強くなる、という言葉も聞いたことがあります。


誰がそんな嘘を言ったのでしょう。

私は壁にぶつかる度に何かを失っています。その度選択肢は狭まります。

他人を恐れたりせず誰とも対等に話せると思っていました。

女性とも男女区別無く付き合えると思っていました。

人前でも怖じ気づくこと無く堂々と自分の意見を言えるし演説も出来ると思っていました。

他人の目を真っ直ぐに見て話をすることが出来ると思っていました。
他者を纏めて率いていくことが出来ると思っていました。
そして社会に出ても、何の職を選ぼうが何でも出来ると思っていました。
それが。
全て出来無くなり、今また――。
上に立ち、チームを勝利に導くということが私には出来ないことを知ったのです。
全てを失う前の自分に戻りたいと。
そう思いました。

3．崩壊

部活が無くなり夏休みに入ると、私は受験勉強に励みました。夏休み前と同じ時間に学校へ行き、教師が準備した問題用紙を解き終えたら街の県立図書館へ。図書館が閉まれば家に帰って勉強。その甲斐あってか、夏休み明けの模試で県の国立大学でA判定を貰うようになりました。授業も受験対策でテストが主流になっており、お陰で音読する機会も無くなっていました。

成績が上がった私は、東京の私立大学推薦を貰いました。

父は東京に行くことにも私立に行くことにも反対しました。しかし推薦を貰ったその大学は偏差値が高く、就職率も良い上に卒業者の就職先も私の希望に近いのです。その大学に受験合格するには、今の私の学力では無理だと思われる大学であったため、こんな好機を辞退するのは嫌でした。私立は金がかかるのは承知していましたが、父は小学校の時から毎週日曜に、友達と遊びたいと言う私を「お前の大学費用を貯えるためだ」と言って無理矢理田舎に連れて行き、祖父の林業を手伝わせていました。この木を売って大学費用とすると。その話を持ち出すと父も折れ、私は面接を受けて無事合格しました。

大学が決まって、私は高校へ通うことを止めました。早くこの忌まわしい高校を去りたかったからです。

出席日数は足りていました。まず、東京に居る親戚を頼って上京し、埼玉キャンパスの近くに安い下宿を見つけたのでそこに決めました。風呂・トイレは共同ですが、6畳と3畳の部屋があり、家賃1万8千円と格安でした。親からは反対されましたが卒業式前に旅立ち、東京での生活を始めることにしました。

そして私は空き時間を利用して、漫画を描くことにしました。

こんな声も頭も震える男が会社に入ってもうまくいくはずがない。そう思ったのです。絵は得意でした。物語創作も好きです。

出来るなら大学の間にデビューしたいと考え、推薦試験合格を貰って以降私は、密かに漫画雑誌の漫画描き方講座を見ながら漫画制作方法と道具を揃え、プロットからネームまで作成していました。埼玉のアパートで生活出来るようになると、私は早速漫画制作に取りかかりました。

◇◇◇

ある日私は昼食を摂《と》ろうと駅近くの定食屋に入りました。メニューを見て安くて量が多そうな定食を注文し、店のテレビを見ながらメニュー写真の実物が現れるのを待っていた時です。

「そうそう、そうなのよ〜！」

斜め後ろから、男の声が耳に入りました。

げ。

男が「そうなのよ」……？

これが噂に聞く「おかま」？

田舎ではおかまに会ったことがありませんでした。いや、その存在がいるという話さえ聞いたことがありません。流石は都会。いろんな人種が居る。しかし話しかけられでもしたらどうすればいい？　近くに座ってなければいいが……。

私はそっと後方に視線を移しました。

そこには、作業着を着た男達が3人座っていました。普通の男です。しかも、肉体労働者っぽい。
え？　今のは普通の会話？　今のが標準語なのか？
私は早速東京と田舎のカルチャーギャップを味わったようでした。

◇◇◇

大学入学式は日比谷公会堂で行われました。
新しい友人。親の干渉の無い自由な生活。これから私の新しい生活が始まるのです。
何よりおはるさんも東京の大学へ進学していました。
連絡先も聞いている。
邪魔する者はいない。
彼女とはもう一歩進んだ関係になれるかもしれない。
首の震えも収まった感じがする。
全てをリセットして新しい人生が始まる予感がしました。

授業が始まり数日が経つと友人が出来、友人の友人とも仲が良くなって交友関係は広がっていきました。特に仲良くなったのは附属高校から来た連中で、彼らのサークル仲間とも仲良くなりました。テニスサークルですが冬はスキーもやるらしく、元テニス部部長だった葵は何時も笑顔で兎に角明るく面倒見がいい奴でした。彼は附属繋がりから先輩とも仲が良く、どの教授の単位取得は出席だけで取れるだとか、過去のテストを先輩から貰ってくるとか、大学生活を効率よく過ごす情報を教えてくれました。葵は純粋にテニスがやりたくてサークルに入ったようでした。

明石は違う科でしたが、葵と同じ附属高校出身。スポーツ万能でスキーも二級を持っていました。東京の高校生はスキーに当たり前のように行くと知って驚いたものです。

この大学は附属高校が二高あり、附属校生同士仲が良く、ひょうきん者の玉木、背は小さいが運動神経抜群の森とも知り合いました。

少し遅れてサークルに立花が入り、彼とも友人となりました。立花は愛知県出身で一浪していましたが、彼曰く予備校時代に遊びすぎてかえってランクを落とした本校に入学したとのことです。しかし、年上面を全くせず、最初は立花も附属生程強烈な個性は無かったのですが、次第に彼のユーモアと気の利いたツッコミから皆の中心的立場を確立していきました。

私はバレーをしていたことから「アタッカー」と呼ばれ、その内それが短くなって「アタカ」と呼ばれるようになりました。私はこんなに皆がフレンドリーな環境に一時期戸惑いましたが、次第にこれが普通だと思うようになりました。

生活費は親からの仕送りだけでは足りず、バイトを始めました。家の近くに宅配会社の集積拠点があり、集められた荷物の仕分け作業を行う仕事です。コンベヤから流されてくる荷物からその日の担当地区の荷物を拾い集め、コンテナに詰めるという作業でした。地区により忙しさは全く違い、深夜作業なので、暇な地域を担当すると眠くなります。それでも夜食にちゃんとご飯とおかずが用意されるので、その分食費が浮きました。早朝に仕事が終わるので、仮眠して大学へ行き、バイトは出勤が申告制だったので飲み会や、朝一の授業がない日を選べました。金銭面で余裕が出来ると、私は声と頭が震えるのを止めるため催眠療法や針治療に通いました。


そして災難は何時も突然に訪れます。

前触れも無く、思わぬ形で。

私が新たな生活環境にも慣れて、過去のトラウマから逃れキャンパスライフを満喫し始めていた頃、母から父と離婚するという電話がありました。

◇◇◇

私は夏休みを利用しての帰省で、両親と話し合うことにしました。

母は実家の美容院で働いているので家には居ましたが、仕事が終わるまではゆっくりと話が出来ません。話が出来たのは夕方になってからでした。

私達は、2階の私の部屋へ移動しました。現在この部屋は母が寝室として使っているようで、私が使っていた頃と様相が変わっていました。母の服が鴨居に掛けられ、布団が敷かれたままでした。

私達は向かい合って座り、そしてさっそく私は、

「何があったんかえ」

と、静かに問いただしました。

母は私とは目を合わさず、視線を落としたまま、嫌なことを思い出すように神妙な面持ちで話し始めました。

「今に始まったことじゃないんよ……」

母はゆっくりと、何処から話そうか迷っているかのように口を開きました。


結婚式当日の夜、父は姓を本城にしないかと言い出したそうです。山崎は母方の姓。つまり父は養子に来たことになります。母の姉妹《きょうだい》は女しかおらず、母の姉は嫁いでいったので、母は父との結婚条件に養子に来ることを提示したそうです。父はそれを承諾し、二人は結婚したのです。

「ついさっき親戚の前で一生添い遂げると誓ったのに、離婚なんて出来ると思う?」

母は姓を変えることは頑として譲らなかったそうですが、父はその後も姓を変えることを言い続けていたそうです。

「こっちは私が家を継がなきゃ山崎家は無くなるんよ?　お父さんには男の兄弟がたくさんおるやろう」

その点は母の意見が正しいように思えました。父が長男とは言え、本城のままで結婚している兄弟はたくさんいました。しかしながらその多くが県外に住み、本城家の田舎に毎週のように帰っているのは父だけでした。

父が定年後に田舎へ帰りたい、と言っているのも同意出来ないそうです。

そして母は興奮してきたのか首を震わせながらブツブツと、父が同僚を連れてきた時に台所でSEXしようとしてきたとか、イかされたことが無いなどと父を罵《ののし》り始めました。

興奮しているとはいえ、息子に聞かせる内容ではありません。

そして同時に、余りに動揺した様子に、またこのヒトは何か嘘をついていると気付き、呆れました。

昔、私は母に「嘘をつくのは止めて欲しい」と言ったことがあります。その際母は「他人を思いやる嘘ならついてもええんよ」と言い訳しましたが、嘘だとバレている時点で相手を思いやった嘘ではありません。それに私が知る限り、母が嘘をつくのは自分を正当化する時でした。今もまた、全て父の姓への執着が原因だと主張しましたが、実のところ最後に出た言葉が本音なのでしょう。まだ話していないこともあるかもしれません。

私はその点には触れないことにしました。私は離婚を止めるために帰郷したのです。

私はまず、今のままの状態が山崎家存続には最適であることを説《と》きました。現在「姓」は山崎なのだから離婚するメリットが無いと。父に非が無いのなら慰謝料も取れないと。

そして妹について触れ、

「幸子達が結婚した時どうするん？　片親だけで出席するん？」

と、説き伏せました。

母は暫く考えていましたが、

「そうじゃねぇ……」

と納得してくれたようでした。


次は父です。

父がどう思っているかを確認しなければなりません。

日が暮れてから父は帰ってきました。私は父の後を追って1階の両親の部屋に行くと、父はスーツを脱いでクローゼットの中に掛けているところでした。

「何か離婚するとか聞いたんじゃけど？」

私は後ろから父に声をかけました。

「母さんか」

父はトランクスと白い肌着姿になると、私の方へ振り返り腰を下ろしました。

「座れ」

私は父の前に座りました。

「父さんが何をしたゆぅんか」

父が母の愚痴を言う初めての姿でした。

一度酔って帰ってきた際に、家のローンについて「いくら働いても減らん！」と寝るまで愚痴を聞かされたことがありましたが。

「お父さんはこれまで浮気をしたこともねえし、ギャンブルにハマったことも無い。一体何処に離婚される原因がある？　お前、判るか」

「母さんはお父さんが本城に姓を変えたい言いよる言いよんけど？」

「そがん《そんな》ことまで……」

父が顔をしかめます。

「今は言うとらん。昔のことじゃ。お母さんがそんな昔のことまでお前に話すんならのお……」

父は少し言い淀んでから、

「お前がまだこまい《小さい》頃、お母さんと喧嘩した時のこと覚えとるか」

私が2歳ぐらいの頃のことでしょう。まだ母の地元で暮らしていた時期でした。

言い争う両親の姿が脳裏に浮かびます。

私はそれを見ながら泣いています。

そして母は泣きながら家を飛び出しました。

父は私を呼び、母方の祖母に電話をかけ受話器を私に渡し、離婚すると言え、と言いました。

私は泣きながら祖母に「パパ達が離婚する」と言いました。離婚の言葉の意味もよく分からずに。

祖母がすぐに駆けつけ父と議論をしていましたが、私は泣き疲れて眠ってしまいました。

翌朝目を覚ますと母はいつも通りに仕事をしており、不思議に思ったのを覚えています。

「あの日、夜中にお母さんは誰かと電話しとった。そん時お母さんは電話で『生理だから駄目』とか言ったんじゃ。お父さんに気付くと慌ててすぐに電話を切った」

そんなことがあっても父は離婚しなかったと言いました。

「んじゃあ、お父さんは離婚する気はねえんじゃな？」

「ねえ」

「わかった」

私は、立ち上がり部屋を出ました。

どうやら、母の一方的な「不満」が原因のようです。先程私が説得したことで、母は離婚を思い直すでしょう。

二人の愚痴を聞いたことで、主に母を説得出来たと思った私は、この問題は大方片付いたと考えました。予想していたより原因は些細。あとは夏休みの間、ゆっくり愚痴に付き合えば大丈夫だろうと。

何か息子が聞かなくてもいい話まで聞いたような気がするのですが、私は気持ちを切り替えて夏休みを満喫することにしたのです。

私はまず夏休みを利用し、自動車学校に通いました。そして連絡出来る友人に電話をし、自分が帰省していることを伝え、何か面白いことは無いか話し合いました。

そんな中、石田からある提案が飛び出しました。

「海に行かんかえ？」

「ええのぉ。行こーえ！」

「ぐっさん車持っとるけえ、車出して貰お」

ぐっさんは地元の国立大学に通っているため、早々に免許を取り、車通学しているとのことでした。話は順調に進み、中学の友人女２人と男３人で行くことになりました。女性と海に行くのは初めてです。

そして女性の一人はおはるさんでした。

◇◇◇

田舎の海岸は人も少なく、ビーチは貸し切り状態。

降り注ぐ太陽と青い海。その青は空まで続きます。

男達がパラソルを立てていると、おはるさんと由実がキャイキャイ言いながら着替えを済ませてやって来ました。美女二人の登場に一気にビーチが華やぎ、男どものテンションも上がります。しかし残念ながら二人ともビキニではありませんでした。高校時代、雅也が数人で海に行った時、偶然会ったおはるさんはビキニで凄かったと話していたので密かに期待していたのですが。

それでもおはるさんのスタイルの良さには見惚れました。長身の身体はその半身が脚で、やはり目立つのは彼女の肌の白さ。初めて間近で見るその肌はシミ一つ無くシルクを思わせ、肌に直接日射を浴びさせることが罪に思えるほどでした。

もう一人の由実も、中学時代はバレーをやっていただけあって、色白でスタイルがいいです。由実は既に社会人になっていて、薄い化粧が板に付いています。高校は違ったので、久しぶりに会う彼女は凄く大人びて見えました。

私達は海の冷たさと照りつける太陽の下、夏を満喫しました。

この夏休みはほとんどこのメンバーで過ごし、遊園地や観光地へも行きました。


自動車学校では色んな同級生と会いました。高校の友人、北里バレー部のキャプテン。ライバル校のキャプテンと話すような仲になるのも新鮮でした。

しかし夏が終わりに近づいた頃、思わぬ事に仮免に落ちてしまいました。試験の時、横道から出てきた自転車が横断歩道箇所で左に曲がり、歩道へと進むのを確認したので私は直進したのですが、試験官はブレーキを踏んだのです。それでOUT。追加教習となりました。大学の夏休みが8月過ぎまであったため追加講習から仮免を取得し、本免試験にも合格して免許を取得。夏休みが終わる直前に私は東京へ戻りました。

　それから一ヶ月も過ぎぬうちに、離婚調停を進めているという電話が母親からありました。

　私はもうその電話で諦めました。両親の仲がうまくいっていないのは、子供の時から見ていましたから。

　あれだけ私が両者の間に立って仲介した努力の甲斐もなく、しかも自分に何の相談もなく、母は籍を分けると言うのです。

　悲しいよりも、呆れました。

　自分の力ではどうしようもないことが分かっただけです。

　それから、母から時々電話が来るようになりました。

　父親がやはり、離婚は取りやめにしようと言っていること。

　妹達は、別に反対していないということ。

　そして――――。

　調停員から「お宅の息子さんは、この問題を解決しようとはなされないんですか」と言われたということ。

　一瞬、何を言われたのか理解できませんでした。

　自分から離婚すると言いだし、止めないのは私が悪いみたいな言い方です。私が帰郷し仲裁していたことがまるで無かったことのように。

私は夏休みの間中、二人の話を聞いて母の気持ちも理解し、その上で説き伏せたつもりでした。

母は続けて「調停員からそう言われて恥ずかしかったわ……」と告げます。

絶句しました。

この女の思考がどうなっているのか、全く理解できませんでした。

このくらいの問題で離婚するのは、アナタにとって不利にしかならない、と言われたと続けます。
・・・・・・・・・・・・
私もそう言ったではないか。

調停員にそう言われたことを私に話して。

私に一体何をしろというのか。

もう一度帰郷して再度仲裁しろとでも言うのか。

母親が離婚を思い立ったのは全くの感情的なものです。父親が浮気したわけでもない。暴力を振るわれたわけでもない。出世も順調にしている。父にとっては、その出世の妨げにしかならないことでした。

離婚を切り出すことはアンタに何のメリットも無い。

そう言ったにもかかわらずこの女は私に相談も無く離婚調停に踏み切ったのです。もう仕方がないと思いました。母が結婚生活に耐えることが出来ないのなら、私には解決出来る術《すべ》が思い当たりません。離婚したい理由が私にも理解不能なのですから。

そう思っている私に。そう考えることしかできない私に。

この女はそんなことを電話で私に話してどうしたいのか。

見当もつきませんでした。


女難の相がある。

昔、たまたま実家の美容院に来ていた占い師にそう言われたことがあります。

その凶相の根源が自分の母親だと、このとき初めて気付きました。思えば頭が震えることの症状も、母から受け継いだモノだとしか思えませんでした。

◇◇◇

いつしか季節は冬を迎えていました。

少し前までは気にもかけなかった太陽からの温かさが全く失せ、失ったものの大事さを痛感させられます。

冬は寒いだけで何も楽しいことが無い。そう思っていた私は、大学の連中とスキーへ行き、考えを一変させました。

高校の卒業旅行がスキーだった私は、一通り基礎は習っていましたが、その卒業旅行ではスキーというものに対し、苦い思い出しかありませんでした。借りたブーツのせいか私の扁平足《へんぺいそく》が悪かったのか。2日目以降、土踏まずが擦り剥けて痛く、グループの皆に全く付いて行けず、その時のインストラクターの冷たい視線がトラウマとなっていました。

その教訓から、私は少ない所持金からブーツだけは自分にフィットする物を購入し、厚手のスキー用靴下も準備して望みました。

今シーズン中に1級を獲得するつもりである明石を筆頭に、スキーに慣れている連中に必死で付いていった結果、私はパラレルを覚えるより先にウェーデルンをマスターし、皆からはリフトを降りてノンストップで滑り降りる様《さま》から「直滑降野郎」と呼ばれました。

澄んだ空気と火照った身体から気持ちよく熱を奪っていく冷気。

頂上から景色を見ながらのビール。

私はすっかりスキーの虜になりました。

年の瀬を迎えても私は実家に帰りませんでした。

旅費も無いし、離婚が成立した親にも会いたくない。

それ故上京1年目は、除夜の鐘を聞きながら、カップルだらけの明治神宮を独りで3時間以上並んで参拝し、立ち食いそばを食べ、山手線を何周もしながら睡眠を取るという、実に哀しい正月を迎えることになりました。

そんな時に葵から「今スキー場でバイトしているが、人手が足りていないので来ないか」という連絡が入りました。

葵が働いているのは長野県志賀高原スキー場で、ホテルでの配膳がメインだという話でした。寂しく独りで居るのにも飽きていたし、なんと言っても住み込みで3食食事付きと言う点が気に入りました。食費が浮いた上に金まで貰え、しかも休み時間にはスキーも出来るそうです。私にとっては最高条件のバイトでした。

私は連絡が入ったその日の深夜、新宿駅に荷物を抱えて向かうと、そこにはスキーツアーバスが行列を成しており、指定されたツアーバスを見つけて運転手に話しかけると「ああ、聞いているよ」と言い、有無を言わさず客の荷物運びを手伝わされた後、出発直前間際にバスに乗り込みました。トイレ休憩で何度かパーキングエリアに立ち寄る為、その度に目を覚ましましたが、車内が静まると私もようやく安眠に付きました。

どれくらい寝ていたでしょう。

窓から差し込む光に目を覚ました私は、朝陽に輝く一面の銀世界に目を見開きました。視界を埋め尽くす真っ白な世界は、非降雪地帯で育った私にとって別世界です。これまで経験したものと積雪量がまるで違います。日陰の色も黒や灰色では無く碧《あお》く、写真で見るアルプスの青い陰影はカメラマンのテクニックによるモノだと信じていた私は、現実に絵画のような風景が存在することに驚愕し感動しました。

実家に帰らず来て良かった。

改めて私はこれからのバイト生活に期待を抱きました。

◇◇◇

バスは高原を登って行きながら、ホテル前で止まっては客を降ろしてゆきます。私はほぼ山頂にある一ノ瀬ゲレンデの「ホテル山荘」前でバスを降ろされました。

このホテルが私のバイト先らしいです。

降りた場所の一番近い入り口から中へ入ると、ホテルの中は暖房が行き渡り、かなり暖かいです。格子状のシャッターが閉まった売店の横を通り過ぎると食堂がありました。厨房では既に調理の真っ最中。食堂の奥に受付があり、客が記帳をしていました。あっちが正規の入り口のようです。

「ヤマぁ！」

突然背後から大声をかけられました。

そこには目の周りだけを残し雪焼けした葵と玉木が、エプロン姿で立っていました。

私達は再会を喜び、葵はすぐに厨房カウンターから中へ向かって、

「さっちゃん！」

と叫びます。

すると中にいたジーンズ姿の活発そうな女性が駆け寄ってきました。

「山崎君？　ついてき」

　さっちゃんと呼ばれた彼女に付いていくと、階段を降りて地下に連れて行かれ、

「はい、此処がバイトの部屋。空《あ》いてる部屋どこでもいいから荷物置いて来て。すぐに」

　案内されたその場所は、畳1畳程の間隔で壁を仕切られ、上下二段になっている部屋が左右に十程並ぶ場所でした。タコ部屋と呼ばれるその部屋に荷物を置くとすぐに上に戻り
「葵君と玉木君はこれから朝食の配膳が始まるから。自分の働く場所はこっち」

「自分」とは私のことを指しているということに暫く気付かず、少し遅れて私は彼女の後を追います。さっちゃんは食堂と反対側の通路を抜けてレストランらしきところへ行き、そのまま奥の厨房まで入っていきました。

「えもっちゃん。この子バイトの子ぉ。色々教えてやって」

　狭い通路で煙草を吹かしている白衣を着た無精髭の男が、廃油缶に座ったままこちらを見ます。さっちゃんはすぐに立ち去っていきました。

　男は煙草を消しながらゴリラのようにゆっくりと立ち上がり、コック帽を被りながら厨房へ入ってゆきます。私は後を追いました。

　厨房にはもう一人若い男性がおり、作業しています。

　榎本と名乗った「えもっちゃん」は私に白衣を渡し、私はそれに袖を通しながら男の不器用な説明を聞いていました。

「まあ、最初は皿洗いだな」

　自分でも説明に要領を得ていないことに気付いたのか、そう言って説明を止《や》めると、私をもう一人の男に紹介しました。

「おーやっと来たか。山崎君」

　レストラン入り口から大きな野太い声が響いてきます。さっちゃんが前を歩いていますが、彼女の身体から大きくはみ出す程の、長身でがっしりとした体躯の男でした。雪焼け特有の焼け方をした浅黒い顔に爽やかな笑みを浮かべたその男は、カウンター越しに私を見つけると相変わらず大きな声で、

「俺は此処の店長を任されている木場。よろしくな。早速だがお前麻雀できるか」

「一応、役は覚えてます」

「そうか。今日は歓迎麻雀大会な」

　貫禄的に私より数年歳上に感じられますが、恐らく店長も学生かもしれません。学生で無ければ冬にしか客が来ない店の店長などやっているはずが無いからです。

「いらっしゃいませー」

　さっちゃんの明るい声が響いてきました。早速客が来たようです。えもっちゃんが鍋の火力を上げます。さっちゃんが注文を受け、オーダーを厨房に告げると、えもっちゃんと若い男は流れるように動き始め、私はそれを見つめていました。客は次々に入ってきます。最初の客が帰ると、さっちゃんが食器を下げながら厨房まで入って来て、私に皿洗いの仕方を教えてくれました。

「後は任せたで」

と皿洗い作業を私に任せ、カウンターに並ぶ料理の載った皿を両手と腕に5皿一度に持ち、ホールへ出て行きます。私は次第に増えていく洗い物を、追われるように片付けていきました。

一気に上がった厨房の熱気に我慢できず、私はTシャツになり腰だけのエプロンにして貰いました。

◇◇◇

「そーやねんて。あの映画の撮影はこのゲレンデでされてん。ほんまやって」

一日の最後に厨房の清掃が終わると私はようやく仕事から解放され、バイトは皆、2階にあるスナックに集まり宴会をしているとのことだったので、すぐに合流しました。一日中皿洗いをして腰が痛く、疲労のピークを迎えていましたが、酒をあおると疲労感がいい感じの心地よさに変わり、気持ちよく迎えてくれた皆ともすぐにうち解けました。

「うち、あのイケメン俳優にコーヒー出したんやで〜。いい男やったわ〜」

さっちゃんが得意げに話します。夜はこのスナックを任されているさっちゃんも、片付けが終わった解放感からか饒舌《じょうぜつ》です。

このバイト先には色んな場所から人が集まっていました。さっちゃんは京都から。普段はエアロビのインストラクターをしているそうです。店長は名古屋で、ホテル側のおばちゃん達は東北の方から集団で来ていました。厨房でおばちゃんに話しかけられましたが、訛《なま》りがキツくて何を言っているのかさっぱりでした。因《ちな》みに私達バイト以外のさっちゃん達常駐メンバーには、客室ではありませんが個室が与えられていました。店長も同様です。

「それとな、ヤマちゃん。食堂の料理には気をつけなあかんで？　あれ、基本残りもんやからな。しかも冷蔵庫に保管してないんやで」

「そーだぜ。何日も前のおかずが出てきたりするからな。俺らは何時のモノか判るから、教えるよ」

葵が得意そうに言います。玉木はカラオケで熱唱していました。

今日は暇な時間になると、えもっちゃんが指示して交代で食事を摂りに行きました。食事場所はホテル食堂の厨房で、おかわりも自由で天国かと思ったのですが、そんな危険があるとは思いませんでした。

「でもあからさまに拒否したらあかんで。おばちゃんら傷つくから。お互いアイコンタクトか、先に食べたもんから教えてもらい」

その時ドアが開き、私達は一瞬客かと思いましたが、

「おい、麻雀するぞー！」

何処に行っていたのか店長が入ってきました。

麻雀メンバーに選ばれた私達がタコ部屋に戻れたのは、３時過ぎでした。

バイト生活が進むにつれ仕事も覚え、料理も簡単な物は任されるようになりましたが、スキーし放題という謳《うた》い文句が嘘だということが判ってきました。少なくとも私にとっては無理でした。朝は6時に起きてモーニング。小休止して修羅場と化すランチ。1時間ほどの休憩が終わるとディナーの準備。ディナーが終わるとレストランはディスコに変わり、次の日の仕込みをしながらディスコと同時に2階にあるカラオケスナック用のピザや野菜スティックを調理。誰か一人はホテルの厨房を借りて、ラーメン屋係。1時にスナックが終わるので、その後厨房の掃除。最後に床のモップがけが終わったら仕事が終わります。そこから皆と合流してスナックで飲み会が始まるか、店長がその日のナンパに失敗した場合は麻雀になるのです。食事と風呂は空いた時間に交代で入り、寝るのは連日3時過ぎになっていました。

スキーのリフト券はホテルが貸してくれ、しかも志賀高原全ゲレンデで使えるパスですが、とても休憩時間に行く体力は残っていません。夜に備えて休憩時間は寝なくてはならないのです。葵達ホテル側は配膳とその片付け、そしてホテル内の掃除だけだったので、午前と午後に休憩時間があり、勿論《もちろん》奴らはスキーを楽しんでいました。しかも夕飯の片付けが終わればその日の仕事は終わりな為、奴らは風呂と仮眠で夜に備えておけるのです。

もう一つ問題なのは、性欲を解消できないことでした。部屋の壁は薄く、通路側はふすま一枚と頼りなく、24時間誰かが出入りしているので、何時ふすまが開けられるか予測できない故にこっそり「抜く」ということが出来ません。身体中が微熱を帯びたような状態で火照りが収まらず、浮遊感の中に微かに覚える欲望。まるで他の生命体が自分に憑依《ひょうい》し、体内で暴れているような不快感です。それを吐き出したい欲求。女性が全て魅力的に見え、自我を失いそうになる焦燥感。何より股間の勃起が一日中収まらないその恥ずかしさと、ずっとポケットに手を入れて誤魔化さなくてはならない面倒臭さ。更には店長を初めとしてナンパに成功した奴らから聞く生々しい体験談が、次第に今まで持っていた貞操感を瓦解させました。

スキー場を訪れる者は男女問わず皆開放的で、スポーツを楽しみに来ていると同時にアバンチュールを求めて来ていました。非日常という解放感と、高原という外界から遮断された、何をしても許されるような世界にいる感覚。加えて高原の薄い空気のせいか、皆がハイ状態でした。映画とスキー曲効果なのかスキー客は連日満杯で、私は昨年までの状況を知りませんが、女性客もかなり多いです。ホテルの社長は冬季オリンピック準備に夢中でホテルのバイトにまで目がいかない為、彼女がいる葵を除いて、男どもは女性客に営業も兼ねながら声を掛けもてなしました。一番の勝負はスナックに女性が来た時で、その時は私も注文が入らない限りスナックでホスト役を務め、連れ出すことに精魂を傾けました。店長が一番成功していると思っていましたが、ところが一番はレンタルスキー係の歯が抜けたおっさんでした。おっさんの手口はレンタルブーツを客に履かせてやる時に、話しかけながら何気にふくらはぎをスッと撫でる。私も極意を教授してもらうときに触られましたが、驚く程の快感が疾《はし》りました。確かにこの感覚を味わうと、スキーをしている間もあの感覚は何だったのだろうという疑問が頭を離れず、返却時に誘われたらついていくでしょう。

私も少ない休憩時間に体力を削ってスキー場に繰り出すようにし、冬休みが終わる頃ようやく初体験をしました。それは、魅力溢れる大人の美女と、想像を絶する目眩《めくるめ》く快楽の世界の体験を思い描いていた私の理想とも想像とも全く違ったものでした。

東京に戻ってからは、試験対策で大わらわでした。葵がサークルの先輩から過去のテストと答案を貰ってきたのでそれを丸暗記することと、テストにはノート持ち込みOKの科目もあったので真面目に授業に出ている奴に願い倒してノートを貸して貰い、それを写す作業。

2月に入ってすぐ、全てのテストを受け終えた私達は、志賀高原に戻りました。このバイトはけして給料の良いモノではありません。拘束時間を考えると、東京の1／3以下の時給でしょう。東京では日給1万円のバイトがゴロゴロありました。しかも給料を受け取った後、店長からしっかり麻雀や賭けビリヤードの負け分を取られたので、更に減ります。

初めて投稿した漫画作品は、最終候補にさえ挙がっておらず2作目に着手していましたが、構想を練り直す時間と気分転換の為にあの別世界に身を置きたくもあり、何より行かなければ手が足りないのは身にしみて判っていました。今回は立花ことたっちゃんと森も参加することになりました。

志賀高原は相変わらず白銀に輝き、スキー客を存分に満足させていました。成人の日以降降雪が続き、以前にも増して雪化粧が厚くなったようです。

バイトには新人もいましたが、私は引き続き厨房。たっちゃんは接客係、森は売店に配属されました。

そんなある日、ホテル責任者の安藤さんが寝込みました。私はさっちゃんの目配せで気付いたのですが、安藤さんは「これ酸っぱくって美味しいねぇ」と言いながら食べたせいです。

バイトが増えたせいか食堂のおかずも少なくなったこともあり、私はレストラン厨房の余り物で済ませることにしました。ディスコでは女性はタダにしているのにもかかわらず客が少ないので、フリーフードがしょっちゅう余ります。我々の宴会用にも使っていましたが、夕飯は主にそれを食べ、次第に厨房に食事を漁りに来る奴らが増えました。

その日も玉木が何か作ってくれと言ってきて、私が余り物で料理を作ってやってると

「今度ホテルの社長の娘が帰ってくるんだって。友達を連れて」

と、私の作業を見ながらカウンター越しに話し掛けてきました。

「ふーん」

あまり興味の無い話でしたが、私はそこで意外な人物に出逢うことになるのです。

◇◇◇

社長の娘が帰省すると言っていた日、皿洗いをしていると、葵が厨房に入ってきました。

「ヤマって岡城高校出身だったよね」

「そうだけど？」

「社長の娘が連れて来た友人が岡城なんだって。一コ上だけど周防優子《すおうゆうこ》って知ってる？」

名前を聞いて私の手が止まります。

一学年上……周防優子……。

周防優子!?

あの全国版アイドル発掘雑誌に載り、3位だった周防優子!?　岡城高校アイドルの!?

私の動悸は激しくなり、頭の震えが激しくなります。大学に入って余り気にならなくなっていた頭の震えがどうしても止まりません。何処かに震えが収まるまで隠れていようかと思って厨房から出ようとした時、周防優子がレストランに入ってきました。間違いありません。サンチが見せてくれた写真の人です。

周防優子は笑顔で近づいて来て、

「君も岡城だったの？　偶然ね」

と微笑みます。八重歯が可愛い。私は髪を指で梳《と》かしている振りをして頭を手で必死に抑えました。

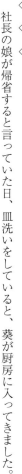

「うわー、ホントに周防先輩じゃ。サンチ先輩から話は聞いちょりました」

「そうなん？　じゃあ、暇な時高校の話でもしようね？」

そう言い残して彼女は去って行きました。私の狼狽《うろた》えぶりを見ていたのはたっちゃんと葵でした。


私は忙しいながらも充実した楽しい日々を過ごし、この志賀高原から去る春休み最終日を迎えた夜に、衝撃的な出来事が起こりました。

確かに予兆はありました。

同じホール係であったこと。

忘れていましたが、年齢が同じだと言うこと。

何度か会話を交わすうちに私も優子先輩に慣れ、高校時代の話をしている時にこっそりと耳打ちされた。

「実は私、サンチが好きやったんよ」

と言う告白。つまり面食いではなく面白い男がタイプだと言うこと。

スナックではカクテル作りで常駐するたっちゃんと話す機会がかなりあったこと。

たっちゃんにはサンチ先輩にも似たユーモアがあり、更にはサンチには無い都会的なセンスを持っていること。

それはいきなりたっちゃんの口から発せられました。

「ユゥちゃんと付き合うことになった」

そう。たっちゃんは周防優子と付き合うと告白したのです。

たっちゃんは嬉しそうに皆に報告しました。

既にバイト先のアイドルとなっていた「ユゥちゃん」をたっちゃんが射止めたという事実には皆が驚きましたが、すぐに祝福されました。私も先輩が自分の彼女になってくれたら嬉しいと思わなかった訳ではありませんでしたし、確かにユゥちゃんの目を気にしてナンパも止めていました。が、現実的に私が先輩と付き合うようになることは無理だろうと思っていました。この志賀高原で出逢えたこと自体が奇跡なのです。それ以上の奇跡は想定していませんでした。高校時代のアイドルを、ユゥちゃんと呼べる程親しくなっただけでも私にとっては大きな収穫なのです。ユゥちゃんも私を後輩としてしか見ていませんでした。

高校のアイドルとこれからも友人となれるのも悪くは無いかもしれません。地元に帰ったら、自慢話の一つにもなるでしょう。


東京での生活が再開しました。

授業にも慣れ、テスト対策も目処が立った私達は、大学外でも集まる機会が増えました。そんな時は彼等の彼女も一緒に来る頻度も増えました。

葵は保母さんのあーちゃんを連れて来るし、たっちゃんはユゥちゃんを連れて来ます。

二人とも人付き合いが上手いので、遊びにしても呑みに行くにしても自然に私達は受け入れ、それが次第に当たり前になりました。

しかし自然体で付き合う二人の姿を見ているうちに、私も独り身が寂しく思えてきました。

私にだって、人当たりが良く男が羨《うらや》むような女性には心当たりがあります。私は思い切っておはるさんに連絡しました。

何を話したかは舞い上がっていてはっきりとは覚えていません。スキー場のバイトをしていた話をし、料理が作れるようになったと自慢したことからそれを食べてみたいという話になり、いつの間にか私のアパートに遊びに来るということになっていました。


おはるさんが部屋に来る……。

暫く惚《ほう》けた後、早速私は彼女を迎える準備を始めました。

バイト先で覚えた料理とカクテルを振る舞おう。それも出来るだけ一緒に居るためにはそれなりの飲み物や料理を準備しておかなければ。

幸いパスタはバイト先から余った業務用を貰ってきていました。

ジェノベーゼと迷いましたが、残り食材を考えカルボナーラを作ることにしました。

まず卵と生クリーム、厚切りのベーコンとそして新鮮な玉葱を揃えました。酒屋に行きジンとウォッカ、モスコミュール用にライムジュースとジンジャーエール。ジンを買ったのはギムレットにも変えられるためです。

しかしこれではアルコール度数が強すぎます。カルーアのリキュールと牛乳も購入し、最後に都内でグラスとマドラーやシェイカーを揃え、つまみ用にポテトチップスやチョコレート、コンビーフと野菜を買いました。家の近くで氷を買って帰り、準備は整いました。

当日。私は駅まで彼女を迎えに行き、自分のアパートがどれほどのボロアパートか念押ししながら家に案内しました。しかしそれでもおはるさんは案内したアパートを見て吹き出しました。それでも怒って帰られるよりマシです。彼女の寛容さに改めて感心しました。

軋み音を上げるボロ階段を上がり、部屋に案内するとおはるさんは「お邪魔しまーす」と言ってドアから中に入るなり、

「うわー。男の部屋って何にもないんじゃね。この前アゲのとこにも行ったけど、同じじゃわ」

アゲの部屋に行った？　私はいきなりカウンターパンチを喰らいました。中学時、ヤらしてくれるという噂だけで女の家に押しかけて行くような男なのです。

「知っとる？　アゲが東京におるゆうこと」

ちゃぶ台の前に正座しながらおはるさんが続けます。

「いや、知らんかった。何しよるの？」

私は用意したお菓子と冷茶を出しながら答えました。

「笑うんよ！　ホストやるんじゃって！」

「えー！　ハハッ、あの顔で？」

アゲとは高校が違いましたが、やはり異質な存在として目立っていると耳にしていました。彼も中学時代は野球部で、私は坊主頭の姿しか知りません。お調子者で面白い奴ですが、顔も面白いのです。ホスト衣装にアゲの顔が乗った姿を想像して、爆笑しながら台所に向かい、彼女に約束した料理に取りかかります。

まず湯が沸くまで野菜スティックを作りマヨネーズを添えて出し、料理しながらも二人で中学時代の友人の話で盛り上がります。パスタを二皿机に置き、彼女の一口目を窺《うかが》いました。

「美味しい！」

満足げに食べ始めた彼女を見て安堵し、カルボナーラを私も口にしながら私は志賀高原での話を始めました。

食事が済むと、コンビーフを挟んだ一口サンドイッチと、カルーアミルクを準備しました。酒が入ると二人の会話は更に弾みました。彼女にもギムレットを勧め、私のシェイカー裁きを披露します。このおんぼろ部屋が二人だけの空間と化し、私はこの雰囲気で彼女に告白するタイミングを窺っていました。

時たま合っていた視線が次第に長くなり、私はその時が近づいていることを悟りました。

しかしそんな世界をぶち壊す、悪魔の来訪者が出現したのです。

「やまぁ」

前触れも無く突然開かれたドアとその声に、部屋の空気が一変しました。

扉の方を見ると、明石がきょとんとした顔をして立っています。

何故このタイミングで来るんだ？　この男は。

しかし追い返すと、おはるさんと二人でいるのが却って気まずくなるような気がしました。

「おう、明石。こっちは同郷のおはるさん。入れや」

明石は本当に入っていいモノか、私とおはるさんの顔を窺いながら腰を低くして部屋に上がり、おはるさんに「どうも、同じ大学の明石です」と言いながら料理とグラスが置かれているちゃぶ台の前に座りました。

「どーも、春野です。ヤマが何時もお世話になっています」

おはるさんは笑顔で迎えます。

結局3人で飲み会が始まりました。私はおはるさんの為に用意したカクテルを明石にも作ってやる羽目になり、おはるさんの巧みな話術と笑顔に明石もうち解けたのか、悔しいですが二人でいた時より部屋は盛り上がりました。

暗くなる前におはるさんは帰って行きました。駅まで一人で行けるといい、私達に満面の笑顔を残し、部屋を去って行きました。

残された私は、グラスに残るカクテルを煽《あお》ります。

明石は暫くおはるさんの出て行ったドアを見つめていましたが、

「ヤマ……」

と静かに口を開きました。

「彼女を紹介してくれないか……」

冗談かと思いましたが、目が真剣でした。

おはるさんは一瞬にして、明石の心を虜にしたらしいのです。

私は黙ったままグラスに口をつけました。


またおはるさんに惚れた男が増えた。

何故彼女は皆を虜にする？

ライバルは増える一方だ。

私をこんなに苦しめるだけでは物足りないとでもいうのか？

明石は部屋を訪れた目的を思い出したように話し、あっさり帰って行きました。

残されたのは、ちゃぶ台の上の洗い物と、一人で舞い上がっていたピエロの私でした。

◇
◇
◇

ゴールデンウィークに入った時点で所持金は53円しか無く、冷蔵庫には玉葱が3個しかありませんでした。大学も休みで来る奴もいないので、誰かに金を借りることも出来ません。私はパン屋でパンの耳を買い、それで凌ぐことにしました。

金が欲しい。

先ずはこの貧窮状態から抜け出し、こんなドアに鍵もかけられないボロアパートからサヨナラしたい。

トレンディードラマに出てくるようなお洒落《しゃれ》で夜景が見える都内のマンションに住み、誰もが羨《うらや》むような美女と歩く。浜田省吾のマネーの歌詞を唱えながら、そんな金、バイトで稼げるはずも無いと思い、私は冬休み中に書いた2本のネームから、ストーリー的には劣りますがキャラクターも決定しており早く仕上がりそうな方を選択し、漫画制作2作目に取りかかりました。

画風を前回よりラフな感じにしたせいかそれとも慣れたのか、鉛筆で下書きする時も前回より思い通りに構図が決まります。自分の脳に浮かんだイメージが紙に現れ、再現出来た時の快感。白い紙の上にその人物があたかも存在するかのような顔や身体の表情や動きが描けた時には、自分がやったことなのに新鮮な驚きを覚えました。更には鉛筆で描いた下書き時点での線はランダムに並び、時には真っ黒な太線になってしまっているのですが、その何本もの線から、Gペンでただ1本だけを選び出し、線の太さも強弱も完璧で滑らかな凜とした黒ラインが描けた際には気分が盛り上がります。線一つだけを見つめて惚れ惚れすることもしばしばありました。

こんな感じで進めていくため、私の作業には時間がかかるのです。葵達のテニスサークルに入らないのも、時間が欲しいためでした。

夏休み前に2作目は仕上がり、早く結果が知りたかった私は、今回は創刊して間もない青年誌に投稿しました。応募数も少ないだろうし新人作家を求めていると判断した為です。

試験も無事に終わり夏休みを迎えましたが、2作目の制作に時間を費やしバイトを控えていた私には金がありません。2ヶ月分の食費・光熱費を抑える為と、実家の現状を把握するため、寝台列車で田舎に帰ることにしました。途中まで書いていた次作ネームも見直す時間が欲しかったのです。

バスを乗り継いで17時間の長旅を終え実家に帰った私は、父が既にアパートを借りて独りで住んでいることを知り、ひと眠りして父が帰宅する頃に、教わったアパートを訪ねました。

久しぶりに会う父は憔悴しているように見えました。

しかし話してみると、心の整理は付いているようでした。離婚については結果を受け入れているようで、昇進したことからも仕事は順調にいっていると感じました。あれほど離婚を拒絶していた父が前向きになったことで私は安心しました。しかし父は口に出しませんでしたが、本城家跡継ぎ問題がまだ片付いていないでしょう。

父のアパートから実家に戻っていきなり、母から「仕送りを半分にして欲しい」と驚愕の発言がありました。

仕送りは月6万円でした。離婚してからは父と母から3万円ずつ貰っていました。それに奨学金2万円が加わり、家賃と光熱費・電話代・教材費で約3万円。食費が3万円。残りの2万円で電車代、衣服代、遊興費その他に当てていました。一度呑みに行ったらほぼ残金が無く服も買えないため、バイトで埋めていました。母からの仕送りが1万5千円になるということは、3回生となり来年4月から通うキャンパスが東京本校舎に変わるため都内に部屋を借りるつもりなので、恐らく家賃代で仕送りの金は無くなってしまいます。引っ越し代と敷金・礼金で30万円は用意しておかないと駄目でしょう。

母は、今度は大学の奨学金を申請してみてくれと言いました。

地元の国立大学を選ばず、東京の私立大学を選ぶことで親に負担をかけていることを判っていた私は、申し出を呑むしかありませんでした。二つ奨学金を貰うと言うことは、将来返済に苦労するのは間違いありません。

バイトを増やすしか無い。

取りこぼした単位がある中で、果たしてそんなことが可能でしょうか……。

恐らく遊べる夏休みは今年が最後だと覚悟し、友達に連絡を取りました。

私にはもう一つ気がかりな事柄があったのです。

おはるさんとあの日から連絡を取っていなかったので、私に対する態度が変わってはしないかとずっと考えていました。


直接会って確認したい。

しかし二人きりで会う勇気は無い。

私は昨年と同じメンバーに声を掛け、集まることに成功しました。

観光客に混ざって散策し、入場無料である遊園地に寄って回数券を買って遊び、合間にタコスやソフトクリームを買って楽しい時間を過ごしました。

どうやら、おはるさんの私に対する態度は変わっていないようでした。これほど安堵するとは、やはり私はこの女《ひと》のことが好きなのだなぁと痛感したのです。

その時花火が上がりました。

楽しげに空を見上げる君が綺麗でした。

◇◇◇

高校3年時のクラスで集まることになり、スナックを借し切って、朝まで歌って呑みました。紀香は高校時代から積極的で派手な性格でしたが、化粧をするとまさにスナックのママです。意外だったのが佐倉さん。彼女の歌声はこれまで聞いたことが無い程綺麗な声でした。あまり喋らない性格で、紀香の後ろに何時もいましたが、合唱部に在籍していただけのことはあります。歌う時の声はまさに透き通る歌声でした。

飲み会中に、有志で海に行くことに決まりました。

佐倉さんは思っていた以上にグラマーでした。学生時代の彼女は三つ編みをして痩せている、という印象しかありません。クラスの女子の中では一番の長身だったので目立ってはいましたが、紀香のせいかスタイルが良かったという印象を受けた覚えは全くありませんでした。

ところが水着に包まれた胸は隆起し、ウエストのくびれは細くてそこから浮き上がるヒップはハート型をかたどっています。いつもスカートに隠れていた脚は白く細くて長い。私を含め男達は彼女の意外性に驚き、囁き声で賞賛し合いました。私は彼女の後ろ姿に見惚れて思わずシャッターを切りました。

今年は自動車学校に通う必要が無く時間があったため、私は3作目のネームを空いた時間で練り直しました。ストーリー自体は高校の時に考えた物です。

世界的規模の核戦争後の世界。生き残った人類が争い絶滅する中、最後に生き残った主人公が新たな人類が目覚めるのを見ながら死んでゆく。

ストーリーは決まっていましたが、設定世界の描写や特に中盤の構図や説明臭い台詞が気に入らず、作業は捗りませんでした。何より主人公の名前が思いつかないのです。

　ある日、街まで画材を買いに出かけ、ついでにデパートに寄り、由実の働く姿を見に行くことにしました。売り場も聞いていたので、私はすぐに由実を見つけることが出来、立ち止まって彼女の仕事をする姿を暫く観察しました。化粧をし、制服姿で接客する彼女は、一緒に遊んでいる時の彼女とは別人に見えます。先日仲間と地元のディスコに行った際、ユーロビートの曲に合わせて完璧なパラパラを踊る姿も私の知らない由実でした。今も、社会人らしく振る舞う彼女の姿に感心し、未だ学生の身分である私と彼女の世界が違うことを痛感させられ、そしてそんな彼女に大人を感じました。

「よ！　頑張っとるの。由実！」

　私は由実に気付かれぬよう近づき、接客を終えたタイミングを見計らって背後から声を掛けました。

　由実は驚いたように振り向き、私を確認すると破顔して、

「もう！　来んでよ～」

　と、私の胸を手で叩きながら笑います。彼女の表情が営業用のそれからいつもの由実に変貌しました。私は少し安心し、いつも通りに話しかけることが出来ました。

「似おうとるのぉ、制服」

「そう？」

「うん。まるで社会人のようじゃ」

「ようじゃねえで、ちゃんと社会人よ〜」

暫く立ち話をしていましたが、明らかに私が仕事の邪魔をしていることに気付き、また

遊ぼ、と話を切り上げその場を去りました。

売り場からエスカレーターで階下に降り、1階フロアを出口方向へ歩いていると、私好みの背が高く髪の長い女性が目に入りました。歩きながら暫くその女性を目で追うと、女性は私の方向に体の向きを変え、ふと目が合いました。その女性は佐倉さんでした。

私が手を上げると彼女も笑みを浮かべて近づいて来ます。先に口を開いたのは私でした。

「どしたん。買い物？」

「今日会社休みやけん、ぶらついとったんよ」

彼女が製薬会社に勤めていることは聞いていました。

「暇なん？　奢《おご》るけんお茶でもしよっか」

彼女は少し間を置いて「いいよ」と承諾し、私達はデパートを出て近くの喫茶店に入りました。

私は高校の時には知らなかった彼女の一面に興味を覚えていました。

スナックで聞いた透き通るような声。

海で見た抜群のスタイルの良さ。

まるで宝石の原石を見つけた気分になったのを覚えています。

性格もこれまで抱いていた印象と違うかもしれない。

そんな彼女に興味を引かれたのです。

◇　◇　◇

「そう！　私も1回仮免を落ちたんよ」

彼女も昨年免許を取り、同じ教習所だったことが判明し、予想以上に会話は盛り上がりました。

「あそこ絶対、金儲けのためにわざと落としとるよなぁ！」

教習所に対する不満をぶち上げる度、彼女は笑います。

二人でいる空間が軽い雰囲気になってきた時、私はふと思い出したことを彼女に聞いてみました。

「あのさ。もしかしてやけど、麻生って東京のテレビに出とる？」

佐倉さんと同じく麻生も合唱部で、学祭の時にはステージで独唱するぐらい歌が上手かったです。普段は大人しい彼が、皆の前でしかもソロで歌うようなことをしたので驚いたものでした。私が見た番組は深夜のバラエティ番組で、オチのタイミングで正装した4人の声楽隊が歌って終わるというモノでしたが、その一人がどう見ても麻生だったので誰かに確認したくて気になっていました。しかし同じ部に所属していたとはいえ、卒業後の男がどうしているかなど、女性の彼女が知る訳ないでしょう。聞く相手を間違えたと後悔していた私にとって、彼女の答えは意外でした。

「そうみたいね」

そう言って何故か彼女は私から視線を逸《そ》らし、遠くを見るような目つきになりました。そしておもむろに、何か吹っ切れたように私にこう言いました。

「知っとった？　私、麻生と付きおうとったんよ？」

佐倉さんからの告白に私は驚きました。奥手そうな佐倉さんが、高校時代に男と付き合っていたなんて。また私は、彼女の知らない一面に驚かされたのです。

じゃあ麻生が東京にいるということは、高校卒業を機に別れたのでしょうか？

「え、そうじゃったん……？　じゃあ、俺まずいこと聞いたんかな」

「いいんよ昔のことやし。別れた今でも時々連絡取り合いよるしね」

そう言って彼女は笑いました。そして意外にさばけた性格だということにも新鮮な驚きを覚えました。これまでの彼女に対する私の人物像は、こうして会う度に塗り替えられてゆきます。

学生時代とは違う顔を見せる友人達。私も他人から見たら変わっているのでしょうか。

◇◇◇

父のアパートに滞在している私に、母から連絡がありました。

会わせたい人がいるらしく、口調からして再婚を考えている相手のようです。あまりの再婚話の早さに、実は離婚前から計画していたことでは無いのかと疑いました。帰郷してから母に好意を抱いていると感じた男は数名いましたが、母が会ってくれと言うのは初めてです。

郊外のステーキ屋で会うことになり、私は当日店に向かいました。

見るからに頼りなさそうな男で、小さな声で「鎌田といいます」と名告《なの》りました。

小柄な上白髪で、明らかに母よりもかなり年上と判ります。良い言い方をすれば優しそうですが、全く威圧感も迫力も感じません。一体この男の何処に惚れたのか判りませんでした。

「母を幸せにする意思はお持ちなんですよね」

彼は少し腰が引けた様子でしたが、「勿論《もちろん》です」と答えました。その頼りなさに少し呆れながら、

「では、母をよろしくお願いします」

と、私はまるで母の保護者のような言い方で答えました。

これでもう母のことを気にかける必要はありません。この男性に任せるのだから。

◇◇◇

夏休み期間は残っていましたが、東京に戻ることにしました。

誰も訪ねて来ない纏まった時間を使い、投稿作品の作成を行うためです。私のアパートは全ての窓を全開にしても暑く、階下からは土佐犬の獣臭が漂ってきます。

白猫が開けっ放しの窓から入ってきました。

引っ越し当初は警戒していたこの猫も、最初は窓辺に置いていた餌を食べるようになり、餌の場所を少しずつ部屋の中に移動させて私の部屋に入ってくるようになりました。最近ではやっと撫でさせてくれるようになったところです。ここまでくるのに1年半かかりました。毎日地道に私に慣れさせ、根気強く粘った成果です。

私はふと思いつき、餌に夢中の猫の背後に回り込み、窓をいきなり閉めました。それに気付いた猫は体を強張らせ、私が近づくと、半狂乱になって逃げ惑いました。私はそれに興奮を覚えつつ猫を追い詰めます。入り口のドアに猫がぶつかると僅かな隙間が出来、そこから猫はすり抜けて脱出し、外へ逃げていきました。

あの白猫が私の部屋に近づくことは二度と無いでしょう。

暑く楽しい夏休みはあっという間に過ぎ去りました。そして待っていたのは金が無いという現実。早速私はバイトを探し始めました。出来るだけ授業の無い休日や夕方以降で時給が良い物を探し始めたのですが、友人達の情報から割とすぐにバイトは見つかりました。

工事現場のバイトは1回行けば1万は貰え、別のバイトでは只待機していただけで中止になり、2万円貰えたこともありました。理不尽なことを言われることも、終電後に仕事が終わった為その現場に泊まることになり凍死しかけたこともありました。

バイトで貯めた金で私は、桜台のアパートを借りました。東京キャンパスにも、取りこぼした単位取得のため行かなければならない埼玉キャンパスにも行ける池袋から近く、西武池袋線江古田駅からも、地下鉄桜台駅からも近くでした。引っ越す前には、雀荘となっていた私のボロアパートで2年間分の点数計算を集計してそれを精算し、季節は春を迎え、私は東京暮らしを始めました。

4．幸せの絶頂から奈落へ

「ラーメン喰いに行くぞ～！」

深夜の静寂を打ち破り、前触れも無しに突然葵がドアを開けて私の部屋へ入ってきました。

テレビに向けていた視線を入り口の方へ移すと、満面の笑みを浮かべた葵が靴を脱いで私の方へ向かってきています。続いて玉木、たっちゃんがドカドカと入って来ました。

時刻は夜の11時。

コイツらは私が寝ているとは考えなかったのでしょうか。

しかしコイツらのこと。寝ていたとしても叩き起こされるのがオチでしょう。部屋の鍵を掛ける癖の無い私は、コイツらの侵入を止める術《すべ》がありません。

それに私も理由が何であれ、私の部屋に友人が訪ねてくれるのは嬉しかったのです。

「今日は何処？」

最近私達は、環七沿いのラーメン店制覇を目指していました。最初は深夜営業の行列が出来るといわれるラーメン屋に行き始めたのがきっかけです。そのラーメン屋も環七沿いに在り、環七を走っていると妙に賑わっているラーメン屋が多いことに気付きました。

そして何時からか、環七沿いに住む私のアパートに、深夜友人が訪ねてくるようになりました。

東京のラーメンの多様性には実に驚かされます。

全国の有名店が集まるのはもちろんのこと、各店がしのぎを削り、旨いラーメンが毎日のように生み出されます。

最近お気に入りの豚の背脂が浮いたギトギトのスープは、見た目のインパクトもさることながら、舌に蕩《とろ》ける油の甘みが食欲をかき立て、麺に絡みつく濃厚なスープが空腹の胃を満足させます。

油の層が熱を逃がさないため、最後まで熱いスープと麺を堪能でき、麺を噛み切る弾力に快感を覚えます。

更には順番待ちしている私達の目の前で行われる湯切りの迫力や、背脂を金網を通してスープに叩き込む豪快さは、並んで待つ私達を飽きさせないどころか期待感を煽《あお》り、待たされた挙げ句にやっと啜《すす》る麺の感触に、私の口腔内は恍惚感を覚えずにはいられませんでした。

今日は少し離れたホープ軒に行くことに決め、全員たっちゃんの車に乗り込みました。

「その前に、ユゥちゃんと待ち合わせしてるから」

そう言いながら、たっちゃんは親から借りてきた車のイグニッションを点火させました。

＝＝＝＝＝＝＝＝＝＝＝＝＝＝＝

目白通り添いの、日本女子大学キャンパス敷地角と道路を挟んだ位置に、その小さな公園は在りました。

私達は道路脇に車を止めて車を降り、全員で車通りの無い道を横断して公園へと向かいます。

街灯が一つしか無い小さな公園でした。

街灯の下に在るベンチに、二人の女性が座っている姿が確認でき、公園にはその二人の姿しかありません。

たっちゃんを先頭にその女性達に近づきます。

「ユゥちゃ～ん！」

たっちゃんが手を振りながらべた惚れ丸出しの甘い声を掛けると、女性の一人が立ち上がりました。ユゥちゃんのようです。横に腰掛ける女性は白いワンピースを着て、静かに座っています。

近づくにつれ、そこに座る女性の容姿がハッキリと確認できました。

座る彼女がこちらに視線を向けます。


その少女を視認した瞬間、私は雷撃に打たれ、同時に彼女の周りだけ仄《ほの》かな光に包まれているような錯覚に陥りました。

彼女を言葉で表すのなら「可憐」。

私はこれほど可憐な少女に出逢ったことがありませんでした。

細いフレームを乗せた鼻梁《びりょう》は綺麗な直線を描き、暗闇の中で、白磁器のような透明感を伴った白い肌が際立って見えました。

まるで純白のかすみ草に囲まれた大輪の月下美人が、闇夜を背景に咲き誇っているようです。来年から女性アナウンサーとなる姉が華やかで可愛い美人なら、妹は清楚な美人でした。

細面の輪郭に長く輝く黒髪が、肌の色をよりいっそう白く際立たせています。

眼鏡のせいか知的な印象で、眼鏡の奥の瞳は笑顔になると蠱惑《こわく》的な光を放ち、私の心を射貫いたのです。

「この子はユゥちゃんの妹のナナちゃん。今年から本女に通っているんだって」

たっちゃんが説明します。

「初めまして。周防菜々美《すおうななみ》です」

彼女の声は、その大人びた風貌と違い、何処かあどけなさを残した甘い声でした。

私は一目で彼女に心を奪われたことを悟られまいと、挨拶だけすませ玉木と共に公園の遊具ではしゃぎました。二十歳過ぎの男が、子供の遊具で遊ぶ姿は彼女にはどう滑稽《こっけい》に映ったでしょう。たっちゃんと葵が、彼女達と普通に話しているのが羨ましかったです。

――彼女との出逢いは神の気まぐれ――。

そう自分に言い聞かせ、無駄な希望は抱かぬよう自分を諫《いさ》めました。

◇◇◇

サークルは4回生が就職活動で忙しくなったため葵が部長になり、3回生主導での運営となったので、私も時々参加するようになりました。飲み会ではユゥちゃんの友人も来るようになり、流石《さすが》元母校アイドルの友人だけあって、皆美人でした。

今年の夏は東京で過ごすことにし、バイトと遊びに明け暮れ、友人達と外房にあるあーちゃんの祖母の家に泊まりがけで海に遊びに行き、軽井沢でのサークル夏合宿にも参加し、別の友人とも海に行きました。

夏は楽しいことばかりの連続で、あっという間に時間が過ぎていきました。

季節は秋を迎え、サークル主催のダンスパーティーを開催する時期になり、私は集客係、つまりパーティー券を売りさばく係でしたが、葵の意向で参加してくれた人が楽しんでくれることを目的としたためパーティー券は格安で、場所も六本木のホールを貸し切り景品も豪華。私のノルマはすぐに達成しました。

当日は超満員。会場は原色のライトとミラーボールで異空間を演出し、大音響のヒットナンバーをＤＪが巧みに操って、曲が変わる度に客は歓声を上げ、アルコールによるものか、ドーパミンの放出が止まないのか、皆トランス状態に入っていました。

そんな時に彼女が会場に現れました。

姉のユゥちゃんを伴って。

私は彼女の深紅のドレス姿に目を奪われました。

白い肌に鮮やかな紅い色が艶めかしく揺らぎ、一見派手な印象を与えるそのドレスは、彼女が纏うと淑女の雰囲気を漂わせていました。

ボディコンシャス全盛の昨今、長めのスカートは却って淑《しと》やかな印象さえ覚えさせ、ホール内を入り乱れるライトの光が、彼女を照らす度に多彩な色を放ちます。

しかしながら私は、彼女に彼氏が出来たという話を、既にたっちゃんから聞いていました。

たっちゃんがユゥちゃんを出迎え、二人をスタッフ席に案内します。偶然にもナナちゃんは私の隣に座りました。久しぶり！　と声をかけると彼女も笑顔で答えます。

「すごい盛り上がってますね」

「良かったよ。パー券買って貰った人が楽しんでくれて。俺も他のダンパに参加したことはあるけど、一番盛り上がってんな」

「私、六本木は初めてなんです」

「そうなの？　六本木は芸能人が見れるかもよ。俺なんか郷ひろみ見たもん」

「へ～。そうなんですか？」

彼女は尊敬するような眼差しで私に向き直り、私を見つめます。

両手で口元を覆う姿が可愛い。

私はテンションが上がります。

「あれ？　眼鏡は？」

「眼鏡は伊達《だて》なんです」

普段は眼鏡を掛けていないらしいです。

今日の彼女の印象が違う理由が判りました。掛けていない方が親しみやすい感じがします。

「ナナちゃんは高校何処だったの？」

「あ、姉と一緒です」

「へえ、じゃあ俺の後輩だ」

「え、山崎さんも岡城ですか？　先輩だ！」

彼女の輝く瞳が向けられる度に、私は胸が高鳴ります。更に話しかけようとした時――。

「あ、この曲知ってる！」

と、彼女は立ち上がり、私にお辞儀をしてホールに飛び込んでいきました。

私は、ホールでスカートを揺らしながら踊る彼女を見ていました。折れそうな細い足が軽やかなステップを踏み、曲に合わせて跳ねます。そこに姉が加わり、遅れてたっちゃんが加わります。

私は前半で踊り疲れていたため、暫くホールを見つめていました。

曲のクライマックスで突然ライトが消え、続いてミラーボールにライトが当たり静かな曲が流れ始め、チークタイムの始まりを告げました。

踊り疲れ汗をかいた客達はホールから去り、喉を潤すためにバーに移動します。

しかし暫く経ってもホールへ戻る人影はありません。

皆恥ずかしいのです。

「玉木！」

私は玉木に声をかけ、指をホールに向けました。私の意図を悟った玉木は私と共にホールへ移動します。観客の視線が集まる中、私と玉木は濃厚なチークダンスを始めました。

途端に起こる爆笑。笑いが収まると、たっちゃんとユゥちゃん、葵とあーちゃんがホールに入ってきて、

「どけ！　変態ども！」

と、たっちゃんが私達を追い払います。

私達が腰を低くしてへっこらとホールから去って行くと、また笑いが起こりました。

二つのカップルが見つめ合い微笑みながら踊るホールは、これまでと違った空間を作り出し、それを見ていた男女は、一組、また一組とホールに入り二人の世界に入っていきます。本当のカップルもその場限りのカップルも二人だけの空間を作り出していました。

それを周りの観客は、優しい目で見つめていました。

突然曲調が激しいモノに変わり、皆が歓声を上げてホールに流れ込んできて、ホールはまた熱狂に包まれました。

◇◇◇

冬休みに入ると、バイトのため志賀高原へ行きました。新人も入り、面白い奴ですぐにうち解けました。今年は名古屋から4人女学生がバイトに入っていて、雰囲気がかなり華やいだものとなっています。

地方都市放送局アナウンサーとなったユゥちゃんともこの冬が終わればお別れです。ホテル山荘社長の娘も地方局アナウンサー。ユゥちゃんの友人の中では一番美人だったサコ

ちゃんは全日空。やはり一級の女性達だったのだと改めて実感します。

忙しい年末年始を乗り越え、東京に戻り試験が終わるとサークルのスキー合宿で、昨年は蔵王でしたが今年は苗場。周防姉妹も参加しました。

面倒見のいい葵は新入生に滑り方を教えており、私はたっちゃん、玉木、周防姉妹とスキーに勤《いそ》しみました。

合宿の最終日前夜は宴会となり、貸し切ったペンションの中で所構わず騒ぎまくり、己を解放します。心を開いて男女問わず笑い合う清々しさに皆陶酔し、各所で笑い声が響いていました。

私は下級生の部屋で、ナナちゃんを含めて数人の後輩達と宴会の続きを楽しんでいました。

夜が更けても明日帰るだけの私達は喋《しゃべ》り続け、ふと気がつくと他は別の部屋に行ったのか、ナナちゃんと二人きりです。一緒に布団に潜り込んだ状態で。

私は彼女には彼氏がいるんだ、と言い聞かせながら、間近にある彼女の整った顔と甘い匂いに酔いしれていました。

「ナナちゃん俺達にずっと付いてこれるなんて、スキー上手じゃん」

「え、そうですか？　私、必死だったから……」

「どう？　東京生活は楽しい？」

「はい。でも……」

「え？　どうしたの？」

彼女の瞳が私を真っ直ぐに見つめます。その表情はとても辛そうでした。

「でも私……」

瞳が潤み、唇が微《かす》かに震えています。

「彼氏と別れて……」

そう言った途端、彼女の頬を涙が伝いました。

続けて何かを言おうとしましたが、声は出てこず、もう一つの瞳からも涙が溢れます。

彼女は私の肩に顔を埋《うず》めました。

私が彼女の頭を撫でると、彼女は小さく嗚咽《おえつ》を始めます。

泣き続ける彼女に、私は慰めの言葉もかけられず、ただ黙って頭を優しく撫で続けました。

嗚咽が収まり、彼女はゆっくりと顔を上げ、私を見つめます。

潤んだ瞳で見つめられ、私の理性も失われてゆきます。

顔を近づけると、彼女は瞳を閉じました。

優しく彼女の唇に触れ、私はそれ以上自分の唇を押しつけることはせず、唇で彼女の唇を優しくなぞりながら彼女の吐息の甘い匂いに恍惚となり――――、その吐息が次第に荒くなるにつれ私の理性は奪われ、そして獣のようなモノが私を支配し始めました。

もう止まらない———。

理性が完全に失われ、本能に支配された私が唇を押しつけようとした、その時。

バンッ
突然下級生達が部屋に雪崩れ込んできました。

「なーにしてんすか、先輩ぃ〜。まだ呑みますよ！」

私達二人の空気は完璧に霧散《むさん》しました。

私は酒を呑みながら、理性が戻った頭で（危なかったぁ）と考えていました。

あのまま続けていたら、この鍵のかかっていない部屋で、彼女の露《あら》わな姿をコイツらに見せてしまうところでした。

彼女を見ると、何事も無かったように笑っていました。


次の朝。

二日酔いも無く、明るい日差しに目を覚ましました。

廊下でナナちゃんとすれ違うと、彼女ははにかんだように微笑み、去って行きました。

（昨日は彼女も酔っていたんだ。この合宿を機に立ち直ってくれればそれでいいさ）

そう考えて、私は荷物を整理して1階に荷物を運び、皆と朝食を食べてから貸し切りバスに乗り込みました。

ところが、思いもよらぬことが起こったのです。

ナナちゃんが私の隣に座ったのです。姉の横では無く。

更にバスが発車すると、彼女は腕を私の腕に絡めてきました。

理知的な彼女のこの行動に私はどぎまぎし、周りを見渡しました。幸い皆疲れて眠りに入っています。

彼女は更に積極的に両腕を私の腕に絡め、私の肩に頭を乗せてきました。

私は周りの目も気になりましたが、それよりも優越感と嬉しさが勝りました。

一度後輩と目が合いましたが、驚く後輩を無視する形で私はこの状況を東京まで維持させました。

厚手の服を着ているのでよく分からなかったですが、彼女の胸は私の腕に当たっています。彼女が良いのであれば私はそれを拒むつもりはありません。

上京してから初めてと言ってもいい、優越感と多幸感を私は覚えていました。

◇◇◇

私の世界は一変しました。

これまで男友達らと雀荘に行くかパチスロ屋に行くかしか選択肢が無かった私が、女性と二人きりで過ごすという時間を得たのです。しかも自分には過分すぎる女性と。

世界が光を増したように感じられ、生きていることに充実感を覚えました。

彼女と待ち合わせし、男同士ではこれまで絶対に行かなかったようなお洒落な場所で会話を楽しみ、入ったこともない女性服専門店へ堂々と入れます。

帰りには彼女を送ってゆき、彼女の寮の門限ギリギリまで、初めて出逢った公園で話し込みました。


家に帰ってもずっと電話で話していました。

彼女の透き通る甘い声は耳に心地よく、それだけで安らぎます。

彼女は電話の途中で寝てしまうこともしばしばありました。それ程遅い時間まで電話で話していたのです。

彼女は私といる時は何時も明るく、その姿に私は魅了されていきました。


あれは新宿を歩いている時でした。

笑いながら振り返る彼女の輝く姿にドキリと鼓動が胸を突き、一瞬刻が止まります。

只振り返るという単純な動作に出現した彼女の新たな魅力に、私は更に彼女の虜《とりこ》となります。

次第に私の心は彼女で満たされてゆきました。

しかも彼女は昨今の女性とは違い、トレンドだけを追い求めること無く自然体で、お高い態度など全く無縁でした。

それは池袋のサンシャインでマンボウを見た後のことでした。

「私、牛丼を食べてみたい」

唐突に彼女が言い出しました。

確かに牛丼屋で、女性が一人で食べている姿を見たことがありません。今の若い女性は原宿でクレープとか青山の洒落たレストランに行きます。牛丼屋なんかに誘ったら怒り出すでしょう。

「本当にそんなところでいいの？」

「うん。私一度行ってみたかったの」

彼女の意向で行きつけの吉野家へ入ってみました。やっぱりむさ苦しい男しかいません。出てきた牛丼を彼女は珍しそうに見つめ、それから美味しそうに食べました。こんな気取らない彼女に、私はまた心を奪われてしまうのです。

◇◇◇

春休み。友人達は皆志賀高原に行っており、彼女の姉も赴任地へと旅立ったため、私は誰にも邪魔されることの無いこの時間を全て、彼女と会う時間に費やしました。

「私、ティラミス食べてみたいなぁ」

何時ものように夜電話で話している時、彼女は不意にそんなことを言い出しました。

「そうなの？　じゃあ、店を予約しとくよ。何時がいい？」

日付を確認し、私は雑誌を買って美味しそうな店の中から厳選して電話を掛け、人気店は流石《さすが》に日時が合いませんでしたが、何とか候補内の店を予約出来ました。


当日は渋谷ハチ公前で待ち合わせました。

彼女は座っている私を見つけると、笑顔で駆け寄ってきます。

「表参道の方の店だけど、いい？」

私は立ち上がってそう言いました。

「いいよ」

彼女は笑顔で答えます。

道玄坂とは逆の方向に進み、交差点を渡って坂を上り始めた時です。それまで楽しそうに会話をしていた彼女が唐突に、

「やっぱり私行かない」

と、言い出したのです。

私は困惑しました。

店は予約を入れているし、此処からだったらもうそんなに遠くもありません。

「え、なんで？」

「あまり食べたくなくなった～」

「なんで？　あんなに食べたがってたじゃん」

「でも、食べたくなくなったんだもん」

賢い彼女がこんな我が儘《まま》を言い出すとは信じられませんでした。

何か気に障《さわ》ることでも私はしたのでしょうか。

しかし、折角《せっかく》予約が取れた店をこのまま放置することも出来ません。キャンセルするにしても店には行かなければならないのです。

「じゃあ好きにしろ」

そう言って私は彼女に背を向け歩き出しました。

こんなことぐらいで破局してしまうのなら仕方が無い。そう思いながら私は、数歩歩いて彼女が付いて来ているか確かめました。

彼女はその場から動いていませんでした。

俯《うつむ》いているせいで表情は見えませんが、私は見たのです。

彼女の口元が笑っているのを。

合格よ――――。

彼女の口元がそう言っていました。

彼女はすぐに笑みを浮かべ、スキップしながら私の元に駆け寄り、何事も無かったように一緒に歩き出しました。


もしかして……私は今、試されたのか？

私が女の言いなりになる男なのか、彼女はテストした？

そう考えているうちに店に着きました。

食後に出てきたティラミスを、彼女は「美味しい〜」と言いながら楽しそうに食べていました。その姿に、私は先程の出来事など忘れてしまっていました。

◇◇◇

春休み中に一度実家に帰らなければならないと彼女は言い、私も帰郷することにしました。

彼女と一緒に地元へ向かう飛行機に乗り、飛行機の中でも二人はずっと手を繋ぎながら帰郷してからの計画を立てました。

私は父から車を借り、早速彼女と待ち合わせた場所へ車で向かい、駐車して待っていました。暫くすると若い女性の姿がバックミラーに映ります。

最初は何か違う雰囲気を纏《まと》った彼女を、別人と思っていました。

しかしその女性は車に近づくと、笑顔で助手席のドアを開けました。

「やーまちゃん」

私の心臓が激しい鼓動を打ちます。

彼女の口元は明るい色の紅に染まっていました。

口紅一つで女性はこれほど変わるのかと衝撃を受け、私は思わず綺麗だと呟きました。

彼女ははにかみながら「そう？」と答えて助手席に座ります。私は少し緊張しながら車を発車させました。


静かで海が見渡せるレストランで注文を待っていると、彼女はアルバムを取りだしました。学生の頃の彼女も今と変わらず、他の女性と比べ明らかに綺麗です。

「そしてぇ、これが幼稚園の時の私」

「うわ、可愛いねぇ」

彼女の家の近くの川辺で撮られたという写真は、緑の草原に包まれ、無邪気に笑う彼女が写っていました。

「でもこの頃私、誘拐されかけたの」

「え!?　マジで！」

「犯人は若い学生だったんだけど、写真を撮ってあげるって言われて。人気の無いアパートに連れて行かれちゃって」

ヤバい。それは間違いなく小児性愛者《ロリコン》。

「お母さんが私が居ないことに気付いてすぐに警察に連絡したから、その日の夕方には保護されたけどね」

彼女に何も無くって本当に良かったです。私は写真を改めて見ました。この可愛さじゃ邪《よこしま》な気持ちになるかもしれません。

◇◇◇

彼女と楽しく過ごした春休みは終わり、4回生となった私は卒論の為に研究室に入らなくてはいけません。葵達と単位取得が易しいと言われる研究室を選択し、5人とも無事同じ研究室。他にもこの研究室を希望していた友人はいましたが違う研究室になってしまいました。研究室には他に2名。大人しい坂田と何時もノートを貸してくれた本木君です。

まず待ち構えていたのは就職活動でした。

私は地元に帰るべきか迷いました。

父は何も言いませんでしたが帰ってきて欲しいでしょう。しかし私は東京での就職を選択しました。地元に大手企業は無いし、何より彼女と離れるなど考えられませんでした。

それでも一時の迷いが私の行動を遅らせ、大学の推薦申請が遅れたため大学推薦が貰えなかったのです。友人達は皆、大手企業の大学推薦を取得していました。

私は通信系の企業を回ることにしました。これからは情報化社会になる。そう見込んで私はこの大学の情報通信工学科を選択したのです。ＯＢ訪問や企業情報収集に精を出しました。逆に早くから行動を起こしていた者もいて、ＮＨＫへの入社を目指していた同級生は、３回生時点からＮＨＫのバイトをしていました。ショルダーバッグ型の携帯電話を大学に持ってきて、窓辺で電波を探しながら話している姿を時々見かけていましたが、バイト先から持たされていたのです。

ナナちゃんも課題が忙しいようで、手伝って欲しいと私のアパートに来るようになりました。

生物科の彼女は標本を全部絵にしなければなりません。

「ヤマちゃん、絵が上手かったよね？」

そう言って、私に絵を全て任せました。

大変なのは陰影を点描で描かなくてはいけないからです。彼女から「もっと細かく」と指示されながら、私はコツコツと音を立てながら作業を行いました。

こんなことでも彼女と二人きりになれるのは嬉しく、それにこういった単純手作業なら口は動かせます。

「それでね。この前話した祥子《しょうこ》だけど、毎晩男遊びばっかりしているの」

「ふーん」

「私、それが信じられないの。自分のことをもっと大事にすればいいのに」

「ハマっちゃったんじゃないの？　ＳＥＸに。女の方が快感が大きいっていうし」

「でも普段は真面目な子なのよ？　高校まで処女だったって言ってたし」

「真面目な子ほど、知らない世界を知っちゃうとハマっちゃうんじゃない？」

「そんなものなのかなぁ……」

部屋にはコツコツという音が響きます。

「出来たー」

彼女が作業の終わりを告げます。私は後ろに手を突いて、腰を伸ばしました。

体勢を戻すと不意に彼女が顔を近づけてきて、私の口に軽くキスをしました。

「ご褒美♡」

彼女はそう言って笑いました。

私は微笑みながらゆっくりと彼女を抱き寄せ、舌を絡ませる口づけから唇で唇を愛撫する優しいキスに移行させていきました。

荒くなる吐息に彼女を見つめると、瞳が潤んでいます。

その瞳に、私の身体を欲望が支配しました。

私を止める枷《かせ》はもう存在せず、私は夢中で彼女の全身を愛撫しました。

彼女は私の愛撫に興奮し、絶頂まで迎えましたが、寸前で初めてだと告白しました。

私は彼女の純潔を奪うことに躊躇《ためら》い、そしてそれを汚すことは冒涜行為に思え、最後の行為までは至りませんでした。

就職活動は中々捗《はかど》らなかったのですが、ナナちゃんの存在が大きな心の支えになっていました。アパートの隣部屋から聞こえてくる女の喘ぎ声や笑い声も気にならなくなりました。

研究室の教授から大手の会社を紹介して貰い、人事担当者とも話が出来ました。ＯＢが勤めている通信ネットワーク会社からもぜひ来て欲しいと言われていました。

そんな時にまた、母から電話がかかってきたのです。

◇◇◇

私は何時もの無駄話だと思っていました。しかし母が話した内容は、私の運命を左右する内容でした。

「お父さんが包丁を持って玄関に立っとった……」

母が怯えた声で言いました。父が？　先日帰った時はそんな風には見えませんでした。

「今は!?」

「もう、おらん《いない》けど……。あんた、お父さんをどうにかしてくれんね？」

どうにかって……。

話を聞く限り、父はかなり参っているようでした。

離婚してからも暫くは家から出ず、出てからもずっと復縁を迫っていることを、私は初めて知りました。離婚してから、半分内定しかかっていた子会社の社長の話もなくなり、出世からも遠のいたようです。夕方になると近くに車を止めて見張っているような感じがする、とまで母は言いました。

母は貴方の好きなことをやりなさいと言っていました。しかしこの電話はどう聞いても私が帰郷して地元で就職し、父をどうにかしろとしか聞こえません。勝手すぎる母の言動に怒りを覚えました。ようやく家から独り立ちし、就職に有利な都会へと来ることが出来て、希望職種への就職が実現しようとしているこの時に。何より彼女への気持ちは日増しに大きくなるのです。自分から彼女に別れを告げることなど考えられませんでした。

私は何も言えず、母が一方的に喋って電話を切りました。

◇◇◇

彼女は連休に再度帰郷すると言いましたが、私は春休みに帰ったばかりであるし、バイトと就職活動をせねばなりませんでした。

私は羽田空港まで彼女を送りに行きました。

彼女は電話をかけてくると言い、近くの公衆電話の方へ駆けていきました。

「ヤマぁ！」

私の名前を呼ぶ声がします。

空耳かと思いましたが、振り返った先には、驚いたことにおはるさんがいたのです。笑顔のおはるさんが、あの安陪さんと一緒に近づいて来ています。こんな偶然があるのでしょうか。

「うちら、これから北海道に行くんよ」

笑顔でおはるさんは話しかけてきました。

私は「そうなん？」とは答えましたが、汗が噴き出していました。

「ヤマは何で羽田におるん？」

「いや、俺は見送りで……」

私は思わずナナちゃんの方に視線を動かしてしまいました。

おはるさんは私の視線を追います。電話をかけているのはナナちゃんしかいませんでした。

「ふーん。可愛いじゃない」

パイプオルガンが鎮座する大聖堂の映像と共に、バッハのトッカータとフーガ二短調が頭の中で木霊します。

おはるさんの位置からナナちゃんの顔など見えるはずも無いのです。何となくおはるさんの声も冷たく感じられました。

「じゃあ、私ら行くけん」

笑顔でそう言っておはるさんは去って行きました。向こう側のおはるさんの表情を見てみたかったのですが、無理な話です。

ナナちゃんが電話から戻ってきます。まぶしい笑顔で。

そう、私には彼女がいる。

いや、今はもうナナちゃんしか考えられないのです。

私の心を長年支配していたおはるさんのことを、私は払拭することに決めました。

暫くお土産屋を見て回っていましたが、搭乗時間が近づき、彼女は検査場に向かいます。

「じゃあ、私行くね」

そう言う彼女に私は軽くキスをしました。公衆の面前での口づけが恥ずかしかったのか、それとも嬉しかったのか。ナナちゃんは頬を赤らめて恥ずかしそうに俯きました。

そして私を見つめると笑顔を見せ、手を振ってゲートへと向かっていきました。

私は帰る電車の中で、おはるさんの思い出と感情を一つ一つ消していく作業を行いながら、ナナちゃんとの記憶でその隙間を埋めていきました。

◇◇◇

連休が終わり、ナナちゃんが私のアパートにお土産を持ってやってきました。

彼女はお土産と一緒に、アルバムを持ってきていました。大学に入ってからの写真です。

「ヤマちゃんの好きな写真をあげる」

そう言って私にアルバムを渡し、私はページをめくります。私の知らない彼女がいました。

私は女友達と旅行に行った時に撮ったという写真と、男と写っているのですが、凄く綺麗な彼女の写真を選びました。

「えー、私だけの写真にすれば？」

男と写っている写真は嫌らしいのです。

彼女は早稲田とのサークルに入っていました。私達のサークルに滅多に顔を出さなかったのはそのためです。一緒に写っているのは同い年の早稲田の学生らしいです。

「でもこれ、ナナちゃんが綺麗やもん」

「そうなん？　ヤマちゃんがいいんならいいよ？　それもあげる」

それから彼女は帰郷した時の話をしました。

「ヤマちゃんは何しよったん？」

「ん？　俺？　俺はバイトと就職活動」

ちょっと考えて、彼女は少し緊張気味に聞いてきました。

「ヤマちゃん……何処に就職するつもり？」

「ん？　東京だよ」

彼女には両親が離婚していることも話していました。

「そう……」

幾分トーンが下がった返事に私は不安を覚えました。

私は更に言葉を継ぎ足そうとしましたが彼女の言葉の方が早く。

「ほら、これが何時も話していた祥子ちゃん」

話題は写真に戻り、就職の話はそこで終わりました。

少なくとも私にはそう思えました。

◇◇◇

それから一ヶ月ぐらいして、ナナちゃんは友人と京都へ旅行に行きました。休日を利用した2泊3日の旅行だと彼女は言いました。

帰る予定の日、私は彼女の部屋に電話をしました。

彼女は出ませんでした。

夜遅くになっても出ません。

事故に遭ったんじゃないかと心配になりました。

深夜、留守伝のメッセージが変わっていました。私は帰ってきたと思い数回電話しましたが、やはり彼女が出ることはありませんでした。

彼女から電話があったのは、次の日でした。

「どうしてあんなに電話したのよ」

彼女の声は怒っていました。

彼女が言うには、確かに帰ってきたのは昨日でしたが、その日は友人のアパートに泊まっていたのでした。そう言っていたことを、私はすっかり忘れていたのです。

そして電話のベルが深夜しつこく鳴るので、隣室から苦情が出たらしいです。

そのため、管理人から彼女の友人宅まで電話があり、操作して電話のベルが短くて済む伝言タイプに変えたのだそうです。

そして今日寮に帰ってきたところ、留守伝に20件以上メッセージが入っているのを見たのだと言いました。

自分でもそんなに電話していたとは気付いていませんでした。

確かに私のミスです。

彼女は真面目なタイプでしたし、厳しい寮ですので、気まずい思いをしたでしょう。

実際管理人に叱られ、いぶかしげな目で見られたそうです。

私は素直に謝りました。

「何で謝るのよ」

「何でって……。俺が悪いからだろう」

彼女は気が収まらないようでした。

私も非は認めますが、彼女の強情な態度に、私は態度を硬化させていきました。

「ヤマちゃんって、人の話を聞いていないいんじゃない」

彼女は引こうとしません。

ますます私を追いつめるような言葉を投げかけだしました。

「いつもそうよね！　私のことなんか興味ないいんでしょう！」

「五月蠅《うるさ》い！」

私は怒鳴りました。

「俺だって、田舎に帰るかどうかで悩んでたんだよ！」

二人の会話が止《と》まります。

私は終わった、と感じました。


彼女が気兼ねしていたことに、私の就職のことがありました。

私は実家に帰りたくなかったし、こっちで就職したかったのです。

もちろん彼女とも別れたくなかった。

でも彼女は、そのことを気にかけていたようです。

両親が離婚していることを知っている彼女は、彼女なりに私が就職先を地元にしない理由の一つに、自分の存在があるためだろうということを感じていたようでした。

彼女がそう考えていることを、私は薄々感じていました。だから私は彼女に「もちろんこっちで就職する」と言ったのです。

しかし、毎日のようにかかってくる母からの電話で、それも揺らぎ始めていました。酔って包丁を持つ父の姿が脳裏を離れないのです。私はずっとこのまま放っておいていいのかと葛藤していました。彼女も私の心理状態を、どこか感じ取っていたようでした。

二人の間では、半ば禁句のような感じになっていました。

彼女との関係が変化しなければ、このまま東京での就職を決めていたはずでした。

その禁句を、私は破りました。

「……そう……」

彼女は短く言葉を発しました。

私は何も言葉が出ませんでした。

「ヤマちゃんは、優しすぎるのよ……」

「――駄目なのか……？」

「……」

「好きな人に優しくしたら、駄目なのか？」

彼女は黙り込みます。

私は堰《せき》を切ったようにしゃべり始めました。

無駄だとは分かっていました。

彼女が、既に心に決めていることは分かっていました。

しかし彼女の心が戻ってくるなら。何かのきっかけで戻ってくることを期待して、私は熱弁を振るい続けました。

「俺の大学生活ももう一年を切った。でも、ナナちゃんはまだこれから時間がある。やりたいことをやればいい。自分のやりたいことを見つけるのが一番大変かも知れない。俺も残りの時間を夢を追いかけることに使うつもりだ……」

彼女の気持ちが戻ってきて欲しい。

その気持ちでいっぱいでした。

しかし、彼女の次の一言に、彼女の気持ちと、自分が彼女に対して接していた態度が読みとれました。

「うん……分かった。先輩……」


先輩……。

彼女との距離が、急速に離れていくのが感じられました。

「……じゃあ……。がんばれよ……」

「……うん……」

チン……。

私はもう元には戻れないと感じたまま、ゆっくりと受話器を置きました。

それでも私は、彼女からまた電話がかかってくるだろうという期待を持っていました。

しかし、彼女から電話がかかってくることは、二度とありませんでした。

＝＝＝＝＝＝＝＝＝＝＝＝＝＝＝＝＝＝＝＝＝＝

「そうかぁ！　これでお父さんも安心したぞ！」

就職戦線も佳境を迎えていました。

就職協定解禁となる時期を間近に控えて、私はまだ内定を貰えていませんでした。

友人達はごく一部を除き、既に大手に就職を内定させており、彼女と別れて地元での就職に転換した私は、すっかり出遅れていました。

私は当初、Uターン就職を希望していませんでした。彼女のこともありましたが、何せ田舎には私の専門を生かせる優良な企業が無いのです。

面接を受ける際には交通費を会社が出してくれていたため、私は西日本に本社がある上場企業を次々と受け、不採用通知を貰い続けました。大学の推薦が無ければほぼ無理だと言われた大手企業人事課まで直接履歴書を持ち込み、後日筆記試験を受けたのですがやはり不採用。しかしその企業の試験に落ちた後、そこの人事部長の方からわざわざ電話があり、地元の関連会社を紹介してもらいました。人事まで履歴書を持って行った熱意と、試験結果が良かったので推薦してくれるとのことでした。

その紹介された会社を受ける時には、これまでの何社かの試験の経験から、試験前に必ず言われていた「別に参考だから気にせず受けていい」と言われ、荒《すさ》んだ気持ちで取り組んでいた性格判定テストもポジティブに答えるようにしました（それでも後日「性格診断結果がねぇ……」と言われたので、他はどんな非道い結果だったのでしょう）。

地元での就職試験の後、父親の家での夕食の時です。

自分は疲れていました。

母親からの「父のことをどうにかして欲しい」と言う電話はずっと続いていました。

反して母親は、自分のやりたいことをしたいのなら何処で就職しようが構わない、と言うのです。二律背反《アンチノミー》する要求を同時に言うという行為に、私はどうこの命題に対する答えを出せば良いのか悩まされました。父親はめったに電話もかけてこなかったし、地元に帰ってこいと言ったこともありませんでした。

結局、東京での就職を諦めたのは、母の電話が起因です。

東京で内定の取れそうな大手企業はありませんでした。

内定を出すと言ってくれていたＩＴ系企業もありました。

彼女と別れたのも一つの大きな要因でもありました。

彼女と別れた後に、彼女と別れたくないし家には戻りたくない、と言う心情から、家の問題をこのまま長男として見過ごしていていいのか、という心境に変わったせいもあります。父親の気持ちや状況が静まるまでの暫くの間だけでも地元で就職しよう、と。

面接で社長から「すぐに辞めたりしないかね」と言われたときには驚きました。流石社長だけあって、私の心を見抜いたのかと思いましたが、面接後に総務部長から、同じ大学の先輩が短期間で辞職した経緯があったことを教えられ、安堵しました。

面接はうまくいったと思います。

しかも、大手企業の人事部長は本当に、私が受けたその地元の会社に推薦状を送ってくれていました。推薦状の話を面接後に聞いた時、やっと就職問題が解決しそうだという感じを受けました。

それと共に襲ってきた虚脱感とある決断。

初めそれは、地元に帰ることを前提にしていない段階で思いついた打開策で、その方法であれば地元に戻らずとも父の問題は解決すると思ったものでした。

地元に帰ることになりそうな自分と、まだ東京での就職に未練を残す自分に葛藤しながら思いついた母からの命題に対する一つの回答。それは、彼女と別れた後、母親からの電話を聞きながら思いついた一つの解決策でした。

彼女と別れた虚無感。

自分の存在価値がひどく薄いものに思え、自分から何かが抜けていく感じを覚えました。母親への反発心が生んだ選択であったのかもしれません。

就職活動で疲れ、自分が本当に地元で就職するかも決めていませんでしたが、ただそんなことのストレス、いや、虚しさに似た感情が、それを言うことにより予期される数々の問題を忘失させ、そのまま口をついて出ました。

「……就職したら……本城に名前を変えようと思う……」

父は、手放しで喜びました。

＝＝＝＝＝＝＝＝＝＝＝＝

秋を迎えました。

結局私は地元での就職が決まり、戻ることに決めました。

それからの私は何かが変わりました。

葵やたっちゃん達と、積極的に行動することがなくなりました。

同じ研究室ではありましたが、研究しているパートが違っていたせいもあります。私は、研究室に入ってから知り合った成績優秀な本木君とハード面を担当し、葵、たっちゃん、玉木、日向はソフトを担当していました。

また葵は途中から、先生と共に東工大で研究することになりました。

彼等は、私が担当しているハードが出来ないと何もできないと言いながら、ほとんど卒論には手を付けていませんでした。

彼等の言うことは正論ですが、基本プログラムは進められるはずです。

私は卒論に没頭し、これほど真面目に取り組んだのは大学に入って初めてでした。

それだけではないことは自分でも分かっていました。

彼等と一緒にいても、どこか楽しんでいない自分がいる。

一緒に行動していても、どこか彼等と世界が違っているような気がする。

そんな気持ちが、卒論に集中させました。

たっちゃんの彼女が、自分が付き合っていた彼女の姉だったというのもあったのかも知れません。ナナちゃんのことは誰にも話したことはなかったので、私が真面目に卒論をやっているとしか映らなかったでしょう。ただ、パートナーの本木君には話したことがありました。

彼は世界的電機メーカーへの就職も決まり、恋人もフランス人という、平凡な外見とは異なる大した奴でした。しかも全く気取ったところがなく、男にも好かれるというタイプです。彼には、別れたことも話していました。

みんな幸せそうでした。

特に私はそれを羨《うらや》ましくは感じてはいませんでした。

ただ自分だけ、世界が変わってしまったような感覚を受けていました。

◇　◇　◇

秋と言えど、残暑は厳しく。

部屋にクーラーもついていない自分の部屋は、ただでさえ虚脱感が襲う私に追い打ちをかけるように、やる気を失わせていました。

誰も訪ねて来なくなった部屋は、荒れ放題でした。

荷物の上にゴミがあり、その上に服があるというような、散々な状態でした。

カギもかけていません。

一度、隣の住人が間違えてドアを開けたことがありましたが、このゴミ部屋の惨状をどう見たでしょう。

独りになって考えることは、ナナちゃんのことだけでした。

＝＝＝＝＝＝＝＝＝＝＝＝＝＝＝

季節はいつの間にか、冬を迎えつつありました。

11月も末を迎え、毎年バイトしていた志賀高原でもそろそろシーズンに向けての準備を始める頃でしょう。今年は卒論で行けそうにないですが、オリンピックがやってくる長野は盛り上がっているに違いありません。


今年の冬は寒くなりそうでした。

私の東京生活も、この冬を越したら終わることになります。

東京へ出てきたのは、親から離れて自活してみたいという理由もありましたが、東京で就職したかった訳ではなく、自分の夢を実現させたい為でもありました。

　自分は何か人の心を動かす仕事がしたかったのです。

　映画を撮ってみたかった私はそのために、まずその業界に入れるかどうか、実際業界関係者に会ってみたりもしました。

　しかし強いコネクションがある訳でもなく、すぐに映画を撮れるような力もありません。なので絵が得意だった私は、漫画に希望を託したのでした。

　その投稿3作目を仕上げていました。実際は2作目より長く描いています。

　2作目もかなり自信がありましたが、全く選考に残りませんでした。青年誌に、色気も何もない少年冒険モノを送ったせいもあったのかも知れません。

　友人達もようやく、教授から単位をやらんと叱咤《しった》されて卒論に手を焼きだし、遊べなくなっていました。

　彼女と別れて、半年が過ぎようとしていました。

　10月半ばに一度、彼女の部屋へかけようと、受話器に手をかけたことがありましたが、勇気が出ずにかけず終《じま》いでした。

　それから1ヶ月が過ぎ、部屋の中を整理していると、見覚えのある本が出てきました。

　それはナナちゃんから借りた本。彼女と付き合っていた時には、これが原作のドラマを見ていたことが思い出されました。

彼女に電話してみよう。

本を返したいと言えばいい。

その時の私は、ただ彼女の声が聞きたかったのです。

しかし出来ることならば、逢いたい。

受話器を取り、プッシュボタンを押しました。

一つボタンを押す度に、止めた方がいいのでは無いかという思いと、彼女の声を聞きたいという欲求に、私は葛藤しました。

ボタンを押し終え、受話器を耳に当てます。緊張で受話器を持つ手が汗ばみます。

数回の呼び出し音の後、受話器が上がる気配がしました。


「……ナナちゃん?」

「ヤマ……ちゃん?」

私の呼びかけに対し、彼女の澄んだ声が返ってきます。

久しぶりに聞く声でした。

小さな声でしたが、迷惑そうな声ではありませんでした。

「久しぶり」

「うん」

「元気だった？」

「……うん……今は元気」

「……今はって……病気でもしてたの？」

「ううん。ちょっと、怪我しただけ」

「どうしたの」

「6月に友達と飲みに行って、階段から落ちちゃった。大したこと無かったけど」

私と別れてからすぐです。やけ酒を煽《あお》り涙する彼女の姿を想像し、私と別れたことが原因なのか、と声に出そうになりましたが、それは言葉にはなりませんでした。

暫くは、近況報告で時間が過ぎました。

想像していたより普通に話せているのが嬉しく、あの頃の記憶が蘇ります。

「就職は？」

「うん、地元にした……」

「……そう……」

僅《わず》かに彼女の声が低くなります。

ふと会話が途切れました。

それを破ったのは、私の方でした。

「今、彼氏はいるの？」

私は思い切って聞いてみました。

「彼氏じゃないけど……覚えてる？　サークルの中で仲のいいグループがあるって？」

それは、付き合っているときにも聞いていました。

「その中で、早稲田の子がいるって言ってたでしょ？　……ホントに、この前まで友達としてしか見てなかったの。私も、私がこんな気持ちになるなんて思ってなかったのよ？　友達から、あの子が私のこと好きなんじゃない？　って言われても何とも思ってなかった。……でも、先月末サークルの合宿に行って、急に彼のことを意識するようになって……」

告白してみようと思う。

彼女はそう言いました。


思いもよらぬ言葉でした。

時間が経過していることを、私は感じていました。

10月に電話をかけようと思ったのは、虫の知らせだったのかもしれません。

「借りてた本、返そうと思うんだけど」

「あ……」

「返しそびれてたんだけど、返そうと思って」

「私の住所、わかる？」

彼女はそう言いました。

私は思いきって抑えていた願いを口にしました。

「会えないか」

「いや、会えない」

「会いたいんだけど」

「会えないわよ……」

私はムキになっていたのかもしれません。

彼女の意思を無視してこう言いました。

「30日の夕方5時、池袋駅前のあの場所で待ってる」

「私、行かない」

「待ってる」

「行かないわよ」

「なら来なきゃいいじゃん」

「行かない」

「待ってるから」

そう言って私は、電話を切りました。

切ってから、微かに興奮していることに気付きます。

彼女の言葉が、私を強引にさせていました。

来る可能性は低いと思います。でも私には、彼女に逢う最後のチャンスなのです。元の関係に戻れるのなら、帰郷は諦《あきら》めて再度職を探す決意でした。

視界にアルバムが入り、本棚から引き抜き、ページをめくります。

彼女から貰った写真がありました。

男友達とカラオケボックスに行ったときの写真。

男友達と二人で写っています。ナナちゃんは赤い服を着て、白い襟巻きを、サンタのように顎に巻いて笑っています。

男と写っていましたが、この写真の顔が一番気に入ったから貰ったものです。

恐らくナナちゃんはこの男に告白するのです。

――私だけの写真にすれば？――

そう言っていた彼女の声が木霊しました。

その声が戸惑った声に聞こえ、私は運命を感じました。

＝＝＝＝＝＝＝＝＝＝＝＝＝＝

深い暗闇の空から、疎《まば》らに、水滴が舞い降りてきます。

冬の夕闇は、早くに陽を地平線へと追いやり、夕日に魅入らせる時を与えずに、天空を漆黒の夜空に変えていました。

夜が訪れると同時に降り出した小雨も、既にコンクリートの上に薄く水溜まりを造り、音もなく降り注ぐ雨が、静かに立つ青銅の像を更に、冷たい無機質感を煽《あお》っています。

既に幾時を刻んだのでしょう。

夜の訪れが早かったため数時間経っているような気もしますし、雨のためかいつもの喧噪が無く、刻が止まっていたかのような気もします。

それ以前に私の頭からは、刻という概念が、この場所に来た時より以来失せていました。

行き交う車のヘッドライトが、私をシルエットで浮かび上がらせます。

もう既に冬と呼べる季節の、雪に変わる前の雨は冷たく。

思考力を奪われつつあった私は、端から見れば情けない姿であろう自分を感じ、それは、背に当たる雨粒を、重さとして感じさせていました。


何気なく上げた顔。

その瞳に信号を待つ人々の姿が映りました。

その中に、赤いワンピースコートに、白い傘を差した女性がいました。

去年のダンスパーティでの彼女も、赤いワンピースを着ていました。

ふと、初めて彼女を見た光景が脳裏に浮かびます。

公園のベンチに座る、三つ年上の姉よりも大人びた顔――――。

知的に見えるあの眼鏡がそうさせていたのか、暗い公園で彼女は、本当に大人の女性に見えました。

かつて私の前に現れたことのない世界の女性に出逢ったという、あの時の衝撃が甦ります。

焦点の合わぬ視界の中で、赤いワンピースの女性は、周りの人影に遅れてゆっくりと歩き出しました。

青い光が、辺りで点滅しています。

私が待つ車のミラーに次第に大きくなる彼女。

いつもと違うあの口紅は、幾度目かの待ち合わせにも拘《かか》わらず、私の横に座るまで、彼女を別人に見せていました。

次第に焦点が定まってゆく中で、横断歩道を駆け抜けて行く人々が目に映ります。

新宿の地下道で、笑いながら振り返る彼女。

その時の映像全てがスローモーションのように鮮明に思い浮かびます。

彼女は私があの時の、その一瞬の表情を忘れられずにいるなど、思いもしないでしょう。

白い傘の女性が渡り終えたその後ろを、ヘッドライトが交差してゆきます。

スキー合宿で見た、私を恨むような瞳から溢れ、そして流れた涙。

私の横に横たわり、真っ直ぐに私を見つめる潤んだ瞳。

小さな唇。

今でも私を惑わす一点のくすみの無い白い肌と、長く白い脚。

耳から離れない甘い声。


一瞬のうちに全てが走馬燈のように浮かび上がり、そして白昼夢から醒めるかのように遠ざかりました。現実の世界が次第に戻ってきます。傘をさした女性は、ゆっくり私の前を通り過ぎていきました。

その女性の背中を見つめながら、私はようやく諦めました。

私は彼女との晩餐を夢見ていました。

今夜だけでも、形だけの恋人を演じられれば。

……いや、ただ楽しく過ごせれば、少なくとも友人として、彼女との関係を残せるかもしれない。

しかしもう私は、自分に一片の嘘もつく気になれなくなりました。

彼女があの時に言った、私の心に突き刺さった言葉――先輩――として、彼女と電話だけでも話すことが出来れば、相談相手ぐらいにならなれるかもしれない。それは自分を貶《おとし》めることは判っていますが、そういう関係であってもいいと思っていました。

私には、その自分を認めるだけの、懐があると。

しかし。

それはやはり嘘だと、気付きました。

そこまで自分に、嘘をつける訳がないのです。

彼女との繋がりを保つことで、２年、５年先に、彼女の心が自分に戻ってくるかもしれない。

待つことは出来るでしょう。

しかしそんな気持ちが何処かにあるとすれば。

私は彼女に適切なアドバイスなど出来ません。

彼女から恋の悩みなどを相談されたら、やはり自分は傷つくでしょう。私が傷つくだけなのならまだいいのですが、自分の心に不純なものがあれば、私は私が本当に良いと思うアドバイスはしないかもしれません。自分の都合のいい方向へと導くために、卑怯なことを言うかもしれません。

そんなことをする者に、友人としての資格はないのです。

彼女は私のことを「優しすぎなのよ」と言いましたが、彼女は気付いていたのかも知れません。私が彼女を強引にでも、私と一緒に歩む道を進ませようと、しないであろうことを。彼女は初めから、そういう存在を求めていました。

私には出来ませんでした。

そのことを理解した上でも恐れずに彼女の手を引いてゆくことが出来なければ、私は彼女の求めるその人物を演じることは出来ないでしょう。

付き合い初めた頃の私は、彼女の考え方と違いがあれば、堂々と自分の意見を主張していました。

しかし、一度彼女を愛してしまい、彼女を失うことを恐れ、恋に対する自分の弱さを知った私は、彼女の我が儘《まま》を許すようになってしまっていたのです。

私には、出来なかったのです。

彼女の求める存在になることを。

時間は、時を経ても変わらず、昔と同じように過ぎていました。

今、彼女がここに現れ、宇宙開闢《かいびゃく》以来未だに起こったことの無い刻が止まるという奇跡が、私のためだけに起こってくれたなら、私は何と言って神に感謝したでしょう。

そしてそんな奇跡は起きませんでした。

私は顔を上げ、そして立ち上がりました。

辺りをもう一度、私は見渡します。

彼女の姿は何処にも見あたりませんでした。

時間は9時を過ぎていました。

惨めな男の姿がそこに在りました。

手にした包みが、虚しく。

私はゆっくり、駅の方角へ歩き出しました。

信号が丁度青になります。

運命まで私を彼女から遠ざけたいらしいです。

私は留まることなく、そのまま歩き出しました。

時間と共に、広場から遠ざかっていきます。


あの冬の日、一つになった二つの時間は、二人だけの刻を刻み始め……。

今また、二つの時計の針はゆっくり動き出し、それぞれの時間を刻みだしたのです。

いや、私の知らないところで、彼女の時計だけは動き出していたようです。あの十月半ば、自分の時計を動かそうとした時に、勇気というネジを回せなかったのが全てです。

そして、彼女の時計のネジは他の男が回し、その針は動き出してしまいました。

私が一番恐れていたことです。

それを私が出来なかったことが、悔やまれます。

何時かまた、同じ時を刻むことを夢見ていた私の幻想は、永遠に叶わぬものとなってしまいました。

初めから異なる時計を持つ二人には、無理なことだったのかも知れません。

私の時計を彼女に合わせることを彼女は望まないだろうし、私にも無理でした。

まして、違う時間を刻みだした時計を再度合わせることは、機会を逃した私にとって不可能でしょう。無理をすれば、どちらかの時計が壊れてしまうかも知れません。

雨は降り続いていました。

電車に乗ればもう戻れません。

もう一度振り返ってみたかったです。

でも、私は振り返ることはしませんでした。

雨は、漆黒の天空から降り続いています。

季節は12月を迎えようとしていました。

また冬が来ます。

雪に変わる前の雨は、その温度以上に冷たく感じました。

＝＝＝＝＝＝＝＝＝＝＝＝＝＝＝

2週間が過ぎ。

彼女から借りた本は、悩んだ末、手紙を添えて郵送しました。

彼女から返事が来ることはありませんでした。

サークルのダンスパーティにも、姉のいない彼女が参加することはありませんでした。


卒論は佳境を迎え、研究室に遅くまで残って実験を続ける日が続いていました。

ジュリアナ東京に赤いオープンカーを横付けしてドアマンにキーを渡し、ボディコン姿の女性を伴って入店していく男に羨望の眼差しを向けながら、何時かは自分もあの人種の仲間入りをするのだという意思を抱いていたことを思い出します。

今日も卒論の研究に手間取り、私は夜遅く、家路へと暗い夜道を歩いていました。

学生街のこの辺りも、さすがにこの時間は人通りがありません。

自分の足音だけが木霊します。

家に帰っても孤独に回想するしかやることのない私の脳裏に何時も浮かぶのは、ナナちゃんのこと。彼女のことがまだ忘れられませんでした。

二人で見たドラマの主題歌が流れる度に、切なく哀しい気持ちに包まれます。

全ての道が閉ざされた感じがし、どうすればいいのか分かりませんでした。

東京に出てきた時に抱いていた夢も叶いそうにはない。

地元に帰ったとして、そこにいる自分の存在価値が見いだせない。

自分は、田舎で働いて、そこで結婚し、普通に暮らして、そこで死ぬのか。

そこから再び抜け出すことは出来るのか。
母親から電話がかかってきていなかったら、私はどうしていたのか。
自分の思い通りにならぬ己の人生を恨みました。
うまくいかぬ結婚生活を予期しながら、自分を生んだ両親を憎みました。
そして。
彼女を手放してしまった自分の不甲斐なさを、悔やみました。
真っ暗な夜道を進みながら、次第に負の感情に包まれていきます。
彼女の心を取り戻せるものなら、取り戻したい。
就職活動を一からやり直すことになっても。
負の感情は私の躰《からだ》から溢れ、妄想が私を覆い。
私は空を見上げ、霞《かすみ》がかかる朱《あか》い月を見ました。

悪魔となりて。
彼の女《ひと》の魂を奪うことが出来るのなら……
それが可能となるなら、たとえ魔王の隷《しもべ》になろうとも構わない。
死後の世界において魂を魔王に献上し。
そしてどのような地獄の苦しみを受けようとも厭《いと》わない。
今、彼の女《ひと》の魂を我の物と出来るならば。

彼女の胸をこの手で抉り、他に向かおうとする全ての意識を残さず引きずり出し、この身の内に喰ろうてしまいたい。彼女の魂は私の血肉となり、彼女の肉体は私のこの苦しみに共に悶え、永遠に逃れ得ることは叶わない。

彼女の意志は私の意志となり、故に、私の魂は彼女のものとなる。

しかしそれは永遠に叶うことのない願い。

嘗《かつ》て、如何なる科学者も魔道師も、人の心を奪う術を見いだすことは不可能であった。

悪魔となりて……

彼の女《ひと》の心を奪いたい。

魂を吸う鬼となりて……

彼の女《ひと》の魂を吸い尽くしたい。

彼の女《ひと》をこの手に掴むためなら……

怪しい獣と化しても悔いはない。

苦しい季節が過ぎていきました。

◇◇◇

3月になり、私は無事、卒業を迎えることが出来ました。

卒業式を終え、荷物を父が暮らすアパートに送り、東京で迎える最後の日となりました。

その日は朝から、雪が舞っていました。

今年の冬は例年になく寒く、この時期にしては珍しい大きな雪の固まりが、空から絶え間なく舞い降りていました。

私が初めて東京に引っ越してきた日も、こんな大雪でした。

夜までには、かなり積もるでしょう。


私は、彼女と初めて逢った公園に来ていました。

ベンチに座り、コートには既に雪が薄く積もっています。

駅からこの公園までは歩いてきました。

デートの帰り、いつも彼女を送っていた道でした。

本当に最後の機会です。

今日、私は田舎へ帰ります。

東京から去ることに後悔がありました。

投稿した3作目は、佳作に挙がっていました。

賞金や景品も、既に部屋を引き払った後だったので、貰うことは出来ませんでした。

2月から私は、残り少なくなった所持金を切りつめるためアパートを出、研究室や友人宅に厄介になっていたからです。

作品を後一年、いや半年早く仕上げて同じ結果が出ていたら、恐らく私は違う道を選んでいたかも知れません。しかし残りの時間では再度チェレンジするには時間がありませんでしたし、あれだけ時間をかけた作品がこの程度の評価だったということで、自分の才能の限界も感じていました。出版社に確認の電話をかけた際に聞いた、編集者の声からもそう感じました。


卒業旅行は北海道へ行き、いつものメンバーが、卒業できた奴、出来なかった奴関係なく揃い、ユゥちゃんも参加しました。

旅行中は、私はユゥちゃんを明らかに避けていました。

ユゥちゃんは前と変わらず、いや、何故か前よりも私に積極的に接してきていました。

それを無視するような態度をとったことに、私は後悔していました。

その原因を作った彼女を一目見たいがため、私は今此処に居ました。

恐らく彼女は、春休みで田舎に帰っています。

万が一の可能性だけを頼りに、私はそこに座っていました。

この公園に座っているだけで、今まで東京で生活していた出来事が次々に思い出されました。

楽しい思い出ばかりでした。

いい友人ばかりでした。

地元に帰れば、名前を変えた私と連絡を取ることは難しいかも知れません。

今までの人生の中で、最も打ち解けた友人達と離れることは、残念でした。

今思うと、逃れるように研究に没頭するよりも、彼達との時間をもっと取れば良かったと後悔しました。

思い出は尽きることはありませんでした。

次々と脳裏に浮かぶ、４年間に出逢った全ての人の笑顔を思い描きながら、時は過ぎていきました。

私は体が冷えることも忘れ、その場所にずっと座ったまま、東京の景色を眺めていました。

◇◇◇

傷心のまま私は田舎に帰ってきました。

それからの私は、半ば自暴自棄となりました。

雪が降ることがほぼ無い地元でもまだ空気は肌寒く、それでも桜の木には蕾がほころび始めていました。

私は父のアパートに住むことにしました。

2DKの古いアパートでしたが、男二人暮らすには丁度よく、暗い私に気を使ってか、父は何かと世話を焼きました。食事も洗濯も全て行い、車も私が通勤に使っていいと言いました。父はバス会社勤務のため、バスの定期券を支給されているから自分はそれを使うからと。私がバス通勤すると、郊外にある会社に行くには乗り換えと徒歩が必要なのに対し、父の会社は街中にあるので直通で行けます。さらに父は、休日に実家の祖母の世話をするため帰っていましたが、休日にも私が車を使えるよう、祖母をアパートに連れて来たりもしました。そして遠慮がちに「籍を変える役所の手続きは父さんがやっておくから」と言いました。私の気持ちが変わらぬことを確かめるように慎重に。若《も》しくは息子を巻き込んだ罪悪感を隠しながら。会社には既に姓を変えることを連絡していました。私は判った、とだけ返事をし、全て任せました。その為私は、自分の籍が何時変わったのか、正確な日付を知りません。

入社までの僅かな時間で、私は都落ちの生活を僅かでも快適に送る基盤を作らなければなりませんでした。これまでのことを払拭し、前向きな生活を送るために。私は地元の友人に連絡を取りました。

しかし、友人の多くは県外に就職していました。地元の大学に行っていた友人も全員、私と入れ違いに東京の大手企業に就職していたのです。残っているのは大学に進学せず、地元の企業に就職した友人だけ。

私はふと、佐倉さんに会おうと思いました。

彼女とは大学に入ってから親密度が増した間柄。

彼女となら何かが変わりそうな気がしました。

思い切って佐倉さんが家に居そうな時間に、電話をかけてみました。彼女の両親は自営業で、昼間は不在であることは知っていましたから。

ドライブに誘うと彼女は予想外にも快諾し、待ち合わせ場所に車を止めていると佐倉さんが現れ、彼女の満面の笑みに、私の心が軽くなる感じがしました。

◇◇◇

4月になり、私は会社に通い始めました。

会社は工場だった為、街から少し離れた埋立地にあります。

私が働き出すと、早速母は毎月一定額の金をくれないかと言い出しました。

店がずっと赤字だという理由で。離婚条件として呑んだ家のローンが払えないと。

技術を売る仕事で、かつ家賃は不要なので赤字は無いと思っていた私には驚きでした。

忙しいと、幼い頃から独りでも我慢していた私の苦労は何だったのでしょうか。

既に私はアナタの息子ではないのだと言い返すことも出来ましたが、毎月3万円渡すことにしました。

入社してから私の震えは酷くなりました。入社式での私の印象は最悪だったでしょう。それでも私は新入社員研修をこなし、研修中は定時上がりでしたので時間が空く限り佐倉さんと連絡を取りました。

彼女は期待通り私の落ち込んだ気分を払拭してくれ、その証拠に彼女と逢っている間、私の震えは収まっていました。

＝＝＝＝＝＝＝＝＝＝＝＝＝

母親から電話があったのは、４月も半ばを迎えようとした頃でした。

「一雄、電話」

父が電話を私に渡します。

「一雄？」

「ああ」

母の声は小声でした。

「店のお客さんに、嶋さんっておるんやけど、そこの旦那さん、あんたと同じ会社ね」

「ああ、おる」

「あんた……名前、本城に変えたんね……？」

「……ああ」

「お客さんから聞いて、びっくりしたんよ……何も言えんかったわ」

「……」

「……なんでねぇ……」

「……」

「何で、お母さんに相談せんで……」

「……」

私は返事をしませんでした。私は私で、私に相談せず離婚した母を恨んでいました。

「一回、こっちに来れんね……」

「……ああ……今度の休みに行く」

そう言って私は電話を切りました。

その週の土曜日、私は母の店に行き、客がいない時間に話をしました。

母は、ずっと私に背を向けたままでした。

姓を変えたことなど、いつか母が気付くことも分かっていました。

母に相談しなかったことが悪いことだとも判っていました。

母は、名前を変えるくらいなら地元に帰ってこない方が良かった、と言います。

私も、自分の気持ちと、それを決意するまでの経緯を話しました。

アナタが父をどうにかしてくれと言ったのだろうと。

私は全てを話し終え、店を後にしました。


それから暫くして、また母から電話がありました。

祖母と話して欲しい、と言う内容でした。

私は何も答えることなく、電話を切りました。

◇◇◇

母方の祖母は、孫の中でも私を一番可愛がってくれていました。

幼い頃、私は母の地元で生活していたので、祖母の家にはよく行っていました。

母は結婚する前から地元で美容師をしており、当時母の地元の営業所で働いていた父と知り合って結婚したと聞いています。

母は私が生まれてからもずっと、美容師をしていました。

母が働くことで私は早くから保育園に行かされていましたが、保育園は結構遠く、私はタクシーで通っていました。個人タクシーと契約していたらしく、運転手はいつも同じ人で、私はその運転手の首を後ろから締めて途中で停めさせ、祖母の家の前で降ろして貰っていました。

祖母も昔は美容師でした。

祖母の家には使い古された美容院用の椅子や設備がそのまま残っていました。

私は祖母の家で、絵本を読んで貰ったり、レコードを聴かせて貰ったりしていました。

祖母が読む絵本は、英語の絵本が多かったです。少なくとも私の記憶には、その英語の絵本を読んで貰った記憶しかありません。私が小学校から英会話教室に通ったのも、英語弁論大会に出たりしていたことも祖母の影響でしょう。

祖母は私を膝の上に乗せ、面白可笑しく本を読んでくれました。

若い頃膝を壊し、その手術に失敗したため、片方の足が曲がらない状態でした。足のせいで外出があまり出来ない祖母でしたが、人望がある祖母は、相手の方から祖母の所へ訪ねてきていました。人が訪ねてくるおかげで、ちょっとした買い物や銀行には行かずに済む、と私に話していました。

人を引きつける不思議な魅力は、祖母が入院したとき同室の患者全員に笑顔を取り戻させたほどです。

祖母の何回目かの入院の際、同室の入院患者で「死ぬ」という話ばかりしている患者がいました。

「死にたいんなら死にんさい。私はなーんも迷惑せん」

「大体あんた、死ぬ言いながら何時死ぬんね。10年先なら、ずーとそがんこと言いながらました。

毎日過ごすんね。私じゃったら、死ぬまで楽しいことやって、笑って死ぬけんどね」

「両足があるんやから、あんた儲けもんやない。片足が動かん私はどうするんね」

その患者は毎日祖母の話を聞いて生きる気力を取り戻したと、私に笑いながら話していました。

気丈な祖母でした。

昔、やりたいことがあるけど無理だ、という私に、

「ホームランが打ちたいって、あんたバットは振ったんね」

「宝くじに当たりたかったら、先ずこうてみらんと当たらんじゃろ」

限界を感じると、

「始めたことがすごいんよ？　やろうと思い立ったことの方が大事。何も始めんで何かを待っとるだけの人が大半よ。やりたいことも見つからん人からしたらあんたは幸せで」

祖母の言葉は何時も小気味よく、私の前ではいつも笑っていました。

元々笑顔を絶やさない祖母でしたが、私に対しては特に優しくしてくれていました。

私が描いた絵もずっと自分の部屋に飾り、来客に見せていました。

実におおらかな人で、私は自分に恋人が出来たら、祖母に会わせたいといつも思っていました。

大学に入ってからも、帰省した際には祖母の元にはよく行っていました。

ただ、両親が別れてからは、次第に変わっていく私の姿を見て、寂しい表情を見せるよ

うになっていました。

両親の離婚の大きな原因の一つ。姓の問題。

母は姉が先に嫁いで行ったため、父がプロポーズした時に自分が山崎家を継がなくてはならないと条件を出し、それを父も承諾して結婚しました。

しかし、父は長男でした。

結婚してからようやく父は自分の立場を考え、兄弟から何か言われたのかもしれませんが本城に姓を変えないかと母に言いだしたのです。よりによって結婚式当日に。

その遺恨は結局離婚するまで続いたわけです。

私が離婚の原因について聞くにつれ、祖母の優しさも、自分が跡取りのせいだ、という気がしました。

もちろん祖母の優しさが、それだけではなかったのは分かります。

母方は、代々女系の血筋で、祖母は一人で山崎家を守ってきました。

祖母の子供も、全て女。

私は、山崎家の唯一の男でした。

不思議なことに、父方の家系にも男は生まれませんでした。私の従姉妹は、全て女でした。

状況を知り、理解していく程それは、私の負担になっていきました。

姓を変えたのは母親への反発心もありましたが、その責務から逃れたかったという心情が働かなかったというのは嘘になるでしょう。

ですが、父が落ち着くまでの間の一時凌ぎの策として決心したことでもありました。

妹達が結婚した後に、もう一度姓のことは考えればいい。

そのとき会社に変更することを伝えるのが困難なら、また東京へ出ればいい。

そう思っていました。

また姓を変えることになるかも知れないことは母にも話していました。

母には自分の考えを全て話していたため、祖母に説明するなら、母が説明すればいい。

地元に帰ってきてから、家督のことに関して私は、いい加減うんざりしていました。

母との話し合いに加え、本城家の叔父達も家に来ては、私が本城に変名したことを喜んでいました。

叔父達は、ほとんどが県外で暮らしていました。

「これで安心した」

「俺が死んだときは一雄、お前が本城家の墓に俺を運んでくれ」

私の考えを知らぬ叔父達は、単純に喜びました。

会社では父の手続きが遅れたのか総務の手違いなのか、教育係担当者に何故本城に変名したんだ？　養子に行ったんか、と言われ、同期が揃っている中で両親が離婚したことを告げねばならなくなり、気まずい思いもしなければなりませんでした。

加えて初めて経験する社会人生活で、私は疲れていました。

母が来て欲しいと言ったその日、私は祖母の元へは行きませんでした。

◇◇◇

祖母が倒れました。

母から夜中、震える声で電話がかかってきました。

祖母と会うはずの日の夜でした。

電話の向こうの母は混乱し泣きながら、祖母が吐血して病院に運ばれたと告げました。

先ず私の頭に浮かんだのは自責の念。

電話を切ると急いで車に乗り、実家へと向かいました。妹達は、私と入れ違いに一人は美容学校に通うため東京へ、もう一人は京都の短大へ行き、母は今一人暮らしでした。鎌田さんも不在で、そもそも車の運転が出来ません。

取り乱す母と叔祖母《おおおば》を車に乗せ、私は祖母の住む田舎へと、深夜の道を制限速度を無視して走りました。祖母の哀しい顔を見る事が怖くて会うことから逃げた自分の不甲斐なさを悔やみ続けながら。それでもこの時の私はまだ、この一件に対する事の重大さの認識の甘さに気付いていませんでした。

一時間ほどで祖母が運び込まれた病院に着き、駆け込んだ病室には、呼吸器を付け、ベッドに横たわる痛ましい姿の祖母の姿がありました。

近くに住む母の姉が、血を吐いて倒れている祖母を見つけたそうです。

母が祖母の家から帰った後のことでした。

医者の説明では胃潰瘍が悪化し、吐血した為のショック状態にあるとのこと。

痛みがあっただろうに、これほど我慢する人は珍しい、と医者は言いました。

手術の失敗から右膝が曲がらなくなった祖母は、手術を極端に嫌がりました。手術を勧める病院には入院せず、薬での治療を行う病院にしか、祖母は入院しませんでした。

半年早く手術していれば……運び込まれた際に緊急手術を行ったが、手のつけようがなかった、と説明されました。

今日帰るんじゃなかった、と母は取り乱し、泣きじゃくり、自分を責めます。

私は呆然と病室の祖母を見つめていました。

祖母のこんな顔を見るのは初めてでした。

祖母はいつも毅然《きぜん》としていて、そしていつも笑顔でした。


私のせいだ……。


そのことを知るのは、私と、母と、祖母だけでした。

叔母達が涙を流す中、私だけ涙を流すことが出来ませんでした。

◇◇◇

明け方近くに私は、仕事があるため家へ帰りました。

それから毎週、私は病院へ通いました。

祖母の容態は一向に良くなりませんでした。

呼吸器をつけたままの口からは、ずっと荒い息を吐いていました。

表情も辛そうで、懸命に痛みと戦っているのがありありと分かりました。痛み止めのモルヒネが効いているときだけ、祖母は眠れるようでした。

私が声をかけると、祖母は答えようとする反応を見せました。握る手が僅かに動き、声を出そうとします。その声は、音にはなりませんでした。

「私たちが声をかけてもわからんのに……カズちゃんだけは分かるんやねぇ……」

叔母はそう言いました。

居た堪れませんでした。

祖母が私に大丈夫だと伝えようとしているのが、その反応以上に判りました。

その原因を知るのは、祖母と私だけでした。

一時でもいい。

祖母に意識を取り戻して欲しかったです。

私は、祖母と話をしなければならなかったのです。

祖母の容態は回復しないまま、4週目を迎えました。

祖母の体は痩せこけ、肌は乾き、どす黒く土気色に変わっていました。

元々、祖母の肌は白かったのです。

美容師をしていた祖母らしく、年を取ってからも肌の手入れを怠らず、艶もありました。

それが今は、その面影もありません。

常に苦しそうな表情を浮かべ、意識さえ失っているようでした。

私は、声もかけられなくなっていました。

ただ手を握ることしかできません。

◇◇◇

その日、私と母は主治医に呼ばれました。

「残念ですが……」

主治医は、重く、しかしはっきりと言いました。

「これ以上治療を続けても、無駄だと思います」

「……」

母と私は言葉が出ません。

「これ以上延命治療を施しても、おばあさんには苦痛でしかないです」

「……」

「決断して下さい」

医者のあまりに毅然とした態度に、私は怒りを覚えました。

医者は、これ以上面倒な患者を診るのが嫌だから、こんなことを言い出したんじゃないかと疑いました。胃潰瘍で死ぬ訳が無いじゃないかと。

私は医者に何か言おうとして、医者の目を見て思い留まりました。

この主治医が一番長く、祖母の姿を見てきたのです。医者として祖母が、どれほど苦痛を味わっているか、それもよく知っているはずなのです。

「……考えさせて下さい……」

そう主治医に言い、私と母は、一階へと降りました。

母は「とてもそんな決断は出来ない！　カズちゃんが決めて！」と喚《わめ》きます。

私にもそんな決断が出来る訳がありません。

私と祖母は話をしなければならないのです。

しかしそれは、私の失敗を取り戻したいが為の、利己的な考えでもありました。

私は母と相談し、母の姉の長男に電話することにしました。

その親戚の従兄は、私と同じくらい祖母の寵愛《ちょうあい》を受け、既に叔母の店を継ぎ、美容院も2軒経営するほどの手腕と人望を持った人物でした。

その従兄の方が山崎家を継ぐ人物だったなら、祖母にして見れば理想の孫でしょう。

私は親戚の従兄の店へ電話しました。

言葉に詰まりながらも、医者に言われたことを告げます。

「……そうな……」

兄ちゃんにしても、決断できる問題ではなかったでしょう。

「あの婆ちゃんのことじゃけん、私はまだ頑張るゆうかもしれんけど……婆ちゃんも十分頑張ったんじゃねえんかな……。一番可愛がったカズちゃんが決めたんなら、婆ちゃんも納得するんじゃねえんか？　……」

兄ちゃんと真面目な話をしたのは、このときが初めてでした。いつもはよく笑う明るい人物でした。

私は電話を切ります。

それでも私にそんなことが、祖母の生殺与奪を、決められるはずがありません。

上の階に戻り、母が親戚に医者からの説明を話しました。

親戚は、ほとんど病室に集まっていました。

誰もが口を閉ざし、祖母を見つめていました。

「この人も、頑張ったよ……」

そう呟いたのは、祖母の妹でした。

「この小さな体で……一人で山崎を守って……」

静かな病室に、その小さな声だけが木霊していました。

祖母の生命維持装置が、外されることになりました。

親戚は全員集まり、中には、祖母の友人もいました。

私は、病室の外にいました。

主治医が、静かに病室に入って行きます。

暫く機材が立てる微かな音だけが響き、静寂が辺りを包み。

刻《とき》が静かに流れていきました。

突然病室から、叔母達の悲鳴と号泣が響き渡りました。

◇◇◇

通夜が明け、遺体が寺へと運ばれてゆきます。

葬儀は、葬儀屋の手配で、滞りなく進んでいました。

死化粧を施した祖母の顔は、痩せていましたが生前の面影を残し、病室で見せていた苦痛の表情も消え、ただ眠っているように見えました。

私は葬儀の間中、棺桶を睨んでいました。

途中、私の視線が気になるのか、坊さんが私の方を横目で見ました。

葬儀が終わり、遺体は火葬場へと運ばれました。

待機の後、棺桶は焼き場の中へと運ばれ、扉が閉められます。

「それでは、親族の方」
声をかけて火を入れて下さい。と、火葬場の職員がそう言いました。
親戚の視線は、私の横に立つ母へと向けられました。
泣きながら母は、出来ない、と言いました。
出来ない、カズちゃんが釦《ボタン》を押して、と言いました。
母は震え、足は動こうとしません。
私は、重く、黒い鋼の扉の前に立ちました。
指が、扉の横にある釦へと伸び。
「火を入れるぞ！」
私は扉に向かい、中の祖母へと声をかけました。
暫く、私は返事を待ちました。
そして意を決し、指に力を込めます。
周りから、祖母の名を叫ぶ声と、啜り泣きの声が上がりました。
私は、親戚の間をすり抜け、背を向け。
これまで人前では堪えていた涙が溢れ、私は顔を崩して泣きました。
母が横に立ち、ごめんね、カズちゃんごめんね、と、泣きながら私に謝っていました。
その資格のない私が、山崎家の代表として、祖母を灰にした。
私は一生かかっても払うことの出来ない、業《ごう》を背負いました。

＝＝＝＝＝＝＝＝＝＝＝＝＝＝＝＝＝＝

「何であんなこと言うんね」

葬儀が済み初七日を終えた次の日、母の家に行くと母は寝込んでおり、いきなりそう言いました。

初七日が終わった後、親戚達は祖母の家に戻り、そこで私は親戚から、本城に籍を変えたのか、と訊ねられました。

私は肯定し、言葉を選びながら説明を始めました。

父が戸籍上一人になっていること。

そして「母には面倒を見てくれる人が既にいますし……」と言った途端でした。

親戚の反応は予期しないものでした。突然母に「どういうこと!?　多恵ちゃん？」と母を責めだしたのです。

私は皆が知っている話だと思っていました。少なくとも祖母は知っていました。親戚の反応を見てようやく、鎌田さんが葬儀に出席しない理由も不在だった訳も判りました。

話の矛先が、それから母の方へと変わりました。

母の言う「あんなこと」とはそのことでした。

母は背を向けたまま、私を責める言葉を呪うように呟《つぶや》きます。

私は親戚に再婚相手のことを隠していた母に腹が立ちました。

アナタが「父のことをどうにかして欲しい」と頼んだから帰郷と姓を変えることを決心したこと。

東京で決まりかけていた大手企業の就職を諦めたこと。

地元に帰ることで、彼女と別れたこと。

妹達が結婚して、姓をどうするか分かるまで、結婚するつもりはないこと。

こちらに背を向けたまま、母は泣いているようでした。

私も、泣いていました。

＝＝＝＝＝＝＝＝＝＝＝＝

何かが狂い始めている。

朧気《おぼろげ》に感じていた人生の先にある暗雲が、近付いてくると改めてその暗さに、予想以上に将来の光を遮っていることに気付かされました。

家を継ぐこと、親、そして墓の面倒を見ることを放棄した本城家の叔父や叔母達に対する憤《いきどお》り。

私の母に山崎家の家督を継がせ、自分達は幸せに嫁いでいった叔母達。

ただ嫌《いや》だからという、私には理解が出来ないような理由で離婚を決意した母。

母と結婚する際に決めたことを、ずっと翻そうと考えてきた父。

叔父や叔母達が、今まで私を可愛がってくれたことが全て、後ろめたさからの行動だという気がしました。

祖母の優しさが、自分を山崎家に束縛したいだけの行為に思えました。

祖母は生前遺書を書き直していたらしく、大半をこの私へ相続するという内容を、自分の娘達に分配するように書き替えていたようでした。しかしそれは、たとえ私が山崎のままだったとしても、問題の種でしかなかったでしょう。

私を毎週のように自分の実家に連れて行っていた父の行為が、いずれ私に本城家を継がせようとする打算的で女々しいモノに思えました。

そして半ば自棄的に行った自分の行動が、取り返しの付かない結果を生みだしたことを悔やみました。


――なぜ、こうなった？


こうなることは、両親が結婚した時から決まっていたことなのか？

この筋書きは、いったい誰が生み出したものなのか。

私を含めた血族全ての責任なのか。

何故、『家』如きでこうも苦労する必要があるのか。

祖母や私、両親がそんなモノのため不幸になる必要があるのか。

そんなもの、必要なのか？

妹達が嫁いでいくとすれば山崎家は絶えるでしょう。本城家の親戚も、今更家族を残し田舎で暮らすような者はいないでしょう。その子供ならなおさらです。

父は退職後に田舎の生家で暮らそうとするかもしれません。しかし、私が後継ぎを作らなければ本城家も結局絶えます。そうなれば、母と父の争いも引き分けです。

私は、両親の争いを解決することが出来ませんでした。

だから私が終わらせる。

私は、結婚しないことを心に決めました。

◇◇◇

佐倉さんとは定期的に逢っていました。

自分を殺して生きている私にとって、私が自分を取り戻せる唯一の時間でした。私は彼女からの癒やしを求め、そして彼女はそれだけの力を持った女性でした。

会話をすればその透き通る声が私の心を癒やし。

一緒に居ればスラリとした肢体が私の自尊心を満たし。

そして何より彼女は機嫌が悪くなるということが無く、かつ私に何も見返りを求めようとしませんでした。私には彼女と一緒に居る時間がこの上なく心地よかったのです。次第に私は彼女に依存するようになっていきました。

しかし時折会話の端々に、互いのズレを感じるようになったのです。

「何時から私の事を好きだったの？」という言葉は私が高校の頃から好意を抱いていたのかとの問いかけのようにも捉えられましたし、昔のクラスメイトに「誰と付き合っているのかと聞かれた」という話も二人の関係をはっきりさせたいようにも感じられました。

そしてその日。私達は墓地公園に車を止めて街の夜景を見ていました。

「あんな……」

彼女が横から控えめに話しかけてきます。

「今日な、カズの家に電話したん……」

「うん」

「電話したらお婆さんが出て、本城ですがって……」

あ……。

「山崎さんのお宅では無いですかって聞いたんじゃけど、いいえ本城ですが？　って言われた」

私は言葉に詰まりました。

別に隠していたつもりは無く、言う必要は無いと思っていたのです。

私は彼女に告げることにしました。

「両親が離婚して姓が変わった。今は本城」

「何で今まで話してくれんかったん？　私、恥ずかしいやん」

「こっちに帰ってきた時に姓を変えたけど、元に戻すことも考えてた」

私は彼女に包み隠さず話しました。

そう。私は全てが落ち着けば、姓も戻して以前の自分に戻るつもりでした。

だから佐倉さんだけではなく誰にも話していません。戻すのであれば誰にも言う必要は無いと考えていました。

しかし……。

その時、自分で抑えていた感情が表へ出ようとしていることを感じました。

「でも、もう戻れん……」

その言葉を口に出した途端、私が取り返しの付かないことをしたことを、改めて思い出してしまいました。

私は堪えようとしたのです。

彼女に余計なことを言っても、時間を取り戻すことは出来ません。

話したところで、彼女には負担にしかならない……。

私は、ハンドルに俯せました。

そして、私はそれを言葉にしてしまいました。

絞り出すような声で。

「……ショックで婆ちゃんが死んだ……」

祖母が息を引き取った姿が脳裏に浮かび。

入院中に次第に衰えていく祖母の姿が胸に突き刺さります。

祖母がどれ程私のした行為を恨んでいたであろうかと、祖母が倒れてからずっと離れなかった後悔の念が、強烈に思い出されました。

「そう……」

私はもう止まりませんでした。

感情が、堰を切ったように溢れ出ました。

「……俺が婆ちゃんを殺した……。あんなに可愛がってくれた婆ちゃんを……」

私は恥ずかしげも無く泣きました。

堪えることが出来ませんでした。抑えていた感情が、彼女の前だという体面を超えて溢れ出て止まりません。

彼女が狼狽《うろた》えているのが気配で分かりました。彼女は私の頭を抱きしめてきました。そのぎごちなさに、彼女の戸惑いを、私は感じ取りました。

◇◇◇

佐倉さんとはそれから暫くして別れました。

彼女から別れると言ってきました。

理由ははっきり聞きませんでした。

泣くような男と付き合いたくなかったのかもしれないし、複雑な家庭環境に巻き込まれたくなかったのかもしれません。どんな理由にしろ、彼女には私との将来像が見えなかったのでしょう。

私はまだ社会へ出たばかりで結婚など考えていませんでした。

会社生活も続けていく自信が無かった私は、他人を養うことなど考えてもいませんでした。そもそも私は本城家と山崎家を途絶えさせるため結婚を諦めていたのです。

でも彼女は違います。

高校を出てから働いている彼女は、結婚を考える時期でした。

＝＝＝＝＝＝＝＝

仕事を始めて、一年が過ぎようとしていました。

仕事は忙しく、別の道を見つけて再度東京へ出ていくことなど、考える暇もありませんでした。

私が地元に戻ってからの父は、電話で母が言っていたような態度を微塵にも見せず、母の家に行くこともありませんでした。

ただ、やはりどこか後ろめたいのか、未だに家事などは全て父が積極的にやっていました。それが元々父の性格であったのかどうかは知りませんが、これほど家事をする人とは思いませんでした。

地元の友達とも、姓が変わったことを説明することが面倒で、自分から連絡することはなくなっていました。

もちろん、東京の友人にも。

父親に家事を任せっきりにやらせている自分も嫌でしたし、それを自分からやると言い出すのも嫌でした。退職願望を持ったままの会社で、積極的に友人を作ろうともしませんでしたし、同級生と連絡も取らない為、遊びもあまり行きませんでした。

母も鎌田さんと同居を始めました。

そんな閉塞感を感じていた頃、福岡にある大手企業への出向が決まりました。

5．ナナ

九州最大都市、福岡。

福岡での生活も半年が過ぎようとしていました。

初めは覚えることだらけで何も出来なかった私も、やっと仕事を任せて貰えるようになり、福岡での生活も慣れてきていました。

田舎と違う、活気に満ちた喧噪の中に身を置き、家のしがらみから離れた環境に身を置くことで私は、多少なりとも精神的に解放された気分で生活を送っていました。

そして――――。

その女《ひと》を初めて見たのは、桜の花びらが散り始めた4月のことでした。

＝＝＝＝＝＝＝＝＝＝＝＝

満開に咲いた桜は、花びらを惜しげもなく空中に舞い散らせ、公園の脇を歩けば、視界を桜色に染めてしまうほどでした。

桜の花びらが至る所で舞い散り、公園の並木道を桜色の絨毯へと変えています。

新入生達がその並木道の絨毯の上を、下ろしたての服を着て嬉しそうに歩いていく姿が微笑ましい。嘗《かつ》て、自信に満ちあふれていた頃の私も、意気揚々と中学の校門をくぐったのです。

あれから10年が経っていました。

季節が移り変わろうとも仕事の忙しさに変わりはないのですが、芽吹き始めた新緑や、暖かい日差しは心を安らかにしてくれます。

4月に入って年度も変わり、新しいプロジェクトに向け、社内でも企画書作りでどの課も忙しく動いていました。出向社員で下っ端の私は、昨年度の膨大な量のデータ集約作業という仕事を任されていたため、オフィス外のうららかな陽光も、満開の桜にも目を移す心の余裕などありませんでした。とはいえ、生命がほころび始めた息吹というものは意識下で体感として感じられ、何かが訪れるような期待感を抱かずにはいられません。

そんな春霞のような淡い予感めいた感覚を感じながら、同時に私はそんな妄想さえ許されない身である自分を諌めていました。

そんな歪んだ感情を抱きつつ忙しい日々を送っているときに、彼女は私の前に現れたのです。


初め私は、彼女が部屋を間違えて入ってきたのかと思いました。

それは昼食が済んで、皆が一息ついている時間。

食堂から戻ると、昼休みの職場は閑散としており、隣の課の社員が、保険のおばちゃんに捕まっていました。

自分の席に座り、午後一番に提出する資料に目を通していた時です。

「すみません、お忙しいところ」

不意の若い女性の声に、私は横を振り向きました。

そこには声の通りの若い女性が立っていました。

先程、まるで珍しい服が並ぶショーウィンドウを楽しげに見て歩く女学生のように部屋の中を見渡しながら、一歩毎身体を前後に揺らしながら入ってきた女性です。彼女の社会人らしからぬ振る舞いに、私は一般人が迷い込んだのかと思っていました。

首を微かに左に傾け、口元に微笑を浮かべたその女性は二十歳そこその年齢でしょう。小さな顔に大きな瞳が印象的でした。胸元に、紙束を入れたクリアケースを抱き抱えて僅かに腰を折っているため、肩から黒髪が胸の辺りまで垂れています。

「何でしょう」

「今日からこちらを担当させてもらうことになったのですが、アンケートにお答えしていただけませんか？」

そう言って彼女は、アンケート用紙を私の机に差し出しました。

顔には笑みを浮かべていましたが、口調には微かに緊張感が感じられます。

アンケートを見ると保険屋さんのようでした。別に断る理由もないですし、何度か他の保険屋にもアンケートを書かされたことがありました。保険屋も、若い女性を送り込んでくるという作戦に変えてきたようです。

「何かもらえるの？」

「はい、こちらの景品が……」

彼女は前に下がった髪を耳元に掻き上げながら、アンケート用紙にプリントされてある写真を指さしました。彼女は、私がアンケート用紙に書き込んでいる間に色々と説明していました。

「はい」

私は書き込み終わったアンケート用紙を彼女に渡します。

「ありがとうございます。何か当たっていましたら後日お持ちします」

そして彼女は用紙をしまい、別の紙を私の机に差し出しました。

「今後ともよろしくお願いします。私、久遠《くおん》と申します」

渡された紙には、彼女の似顔絵入りプロフィールが書かれてありました。

「……本城……一雄さん……」

彼女は私のアンケート用紙を見、そしてすぐに胸元に大事そうに抱え込んでにっこりと微笑みました。

「実はこの仕事を始めてアンケートに答えてもらったの、本城さんが初めてなんです」

私もつられて微笑みます。彼女はもう一度「ありがとうございました」と言い残して、他の席へと歩いていきました。

最後の破顔した仕草をみると、口調はしっかりしていましたが普段は年相応の女の子なのかもしれません。私は渡されたプロフィールを見ました。年は私よりも一つ下で、名前が菜々美ということも印象に残りました。

しかし保険屋もうまい作戦を立てるものです。若い女性ということで一瞬でも邪《よこしま》なことを連想した私が莫迦《ばか》でした。プロフィールには一児の母と書かれてありました。

◇◇◇

仕事はデスクワークばかりでした。

ずっと机に向かっていると、異常な眠気に襲われます。そんな時は洗面所まで行き、冷水で顔を洗うのですが、そんなことも一時しのぎで、大量の書類に囲まれて動かずに脳だけ働かせていると、すぐに睡魔に襲われるのです。眠気と葛藤しながら、重要な書類をミス無しに作成する作業は、非常に苦痛でした。

そんな悩みを主治医に相談すると、薬のせいだとのこと。

私は転勤後に心療内科に通い始めました。震えをどうにかしなければならないと色々調べた結果、精神科とは少し違う心療内科を見つけました。そこで下された診断は「本態性振戦」。私が思っていた「チック」では無いらしく、自分で調べてみたところ「本態性」とは原因が判らないという意味でした。結婚を諦めたのも、姓の他に子供にこの性質が受け継がれることを恐れたためです。

私はこの眠気は睡眠が足りていないせいだとばかり思っていたのですが、医者は緊張を和らげる為に、血圧を下げ、眠気で緊張感を鈍らせる薬を処方し、いくら睡眠を取ろうが薬を飲んでいる限り眠気は収まらないとのことでした。眠気との葛藤の終息と、震えをそのままにするかの選択に思案しましたが、結局薬は飲み続けました。

震えのせいで、弁当を買って「お箸はお付けしますか？」と聞かれても答える前に「分かりました」と言って入れて貰えないのです。

薬のせいで一気に仕事を終わらせることが出来ず、残業は当たり前のようになりました。

その日も残業で帰宅が遅くなり、家に辿り着いたのは10時過ぎ。しかしこれが私の日頃の生活パターンでした。留守番電話には伝言が入っていました。恐らくは母からで、連休には帰れるのか、と言うような内容だろうと思い無視しました。転勤して以来ずっと、何かと私に電話がかかるようになっていました。

母の方には妹が二人残ったため籍を変えた私に相談することはおかしいし、あれ程拗《こじ》れた母との関係のことを忘れたかと思う程、頻繁に電話はかかってきていました。内容も妹の進路のことだとか、自分の店の経営のことだとか、どうでもいいことから遠回しに金を借りたいということまで言ってくるので、いい加減辟易《へきえき》していました。

再婚相手に話せばいいではないか。

金もないことから、田舎にはあまり帰る気がしませんでした。

コンビニで買ってきた弁当を開け、テレビのリモコンスイッチを押し、チャンネルをニュース番組に変えます。ドラマは連続して、また最初から観るということも出来ないので、バラエティかニュース番組ばかり見るようになっていました。

晩飯を済ませてシャワーを浴び、メリークリスマス・ミスターローレンスが流れる部屋で、私は思いつくままにプロットを書き始めました。天才が創った曲を聴きながら創作を行うと、次々とイメージが湧いてきます。坂本龍一はＹＭＯ時代から知っています。映画とたけしが好きだった私は、やはり天才大島が創ったこの映画を見て、一回でこの曲が気に入りました。

一区切りが付くと、私はニュースを見ながら床《とこ》につきます。

ウツラウツラしていると、聞き覚えのある地名が聞こえました。

画面に住所が字幕で映っています。実家の近くでした。

「殺された智恵子さんは……」

叔母でした。

同棲していた男に殺されて、男は逃走中だと。

その男のにやけた顔が浮かびました。


私が高校の時でした。

男はいきなり家に来ました。

年配の、どうみてもまともな職に就いていない身なりでした。

智恵子は此処に来ていないか、と言い出します。姉の家なんだからいるだろうと。

話し方も無礼です。しかし覇気が全く感じられないのでヤクザには見えません。

智恵子叔母さんは母の妹で、数年前離婚して独り暮らしでした。

幼い頃、叔母の家に行ったことがありましたが、旦那は眉と前歯が無く、子供ながらに敬遠した覚えがあります。従兄弟ともあまり話しませんでした。

離婚したと聞いたときは、何故か驚きませんでした。

そして確かにその後、店の手伝いに来ていましたが、すぐに来なくなりました。いないと告げますが信じてくれません。

あまりのしつこさに、警察を呼ぶぞと激高すると、男は私を見てにやりと笑い、

「叔母さんは女として最高なんじゃあ……。わかるじゃろ？」

と下卑た笑いを残して去って行きました。


全国ニュースで親戚の死を知り、その犯人の顔も見たことがある。あまつさえ、その男と口論もした。

留守電を聞いてみました。

やはり母からでしたが、珍しく意味のある伝言でした。

叔母の葬儀があるらしいです。

出るつもりはありませんでした。縁を切ったのですから。

ああ、そういえば明日はゴミを出さなきゃいけないなぁ、と考えながら、テレビを点けたまま眠りにつきました。

＝＝＝＝＝＝＝＝＝＝＝＝＝＝＝＝

男の子が独り、部屋の真ん中に座っている。

2歳頃の私。

男の子は、ハサミで紙を切っている。

独りで切り絵を楽しんでいる。

紙を二つに折り、左右対称の切り絵をいくつも作っている。

男の子の周りには大量の作品が山積みされていた。

「ママー」

自分の作品を見せようと、男の子は2階から母親を呼んだ。

いくら叫んでみても、母親は来ない。

次第に男の子は、この家に居るのは自分一人ではないのかという焦燥感に駆られ始めた。

部屋の扉は開く気配が無い。

自分も扉の開け方を知らない。

自分の世界はこの部屋の中だけで、外へ出ることは不可能なことだと思い始め。

この孤独とどう付き合っていけばいいのだろうと。

部屋の真ん中でずっと悩んでいました。


そんな幼い頃の夢を見た次の日。

案の定ゴミを出し忘れて会社に行ってしまいました。

＝＝＝＝＝＝＝＝＝＝＝＝＝＝＝＝＝＝

地下の食堂で昼食をすまして事務所に戻ってくると、既に保険屋さん達は活動を行っていました。久遠さんは林係長にアタック中。林徹治係長は無駄が嫌いで簡潔がモットーです。保険屋の無駄話には耳を貸さないでしょう。その係長に食い下がっている久遠さんの根性も脱帽モノです。

私は資料に目を通していました。

「本城さ～ん」

久遠さんが話しかけてきました。

私の席は一番下っ端ということで一番端にあります。久遠さんは私の脇に蹲《うずくま》るように座り、私を見上げる形で話しかけています。

珍しい保険屋です。

「林係長が話をちゃんと聞いてくれないんですよ～」

「徹っちゃん厳しいけんのぉ」

途端に久遠さんは下を向きました。落ち込んでいるのかと思いましたが、彼女は蹲《うずくま》ったまま肩を震わせています。声を殺して笑っているようです。

何がウケたのでしょう？　もしかして……徹っちゃん？　そのくらいでウケたの？

私は確かめるため彼女に顔を近づけ、小さな声で、

「徹っちゃん……」

と言ってみました。

彼女ははにかむように立ち上がって私の背中を平手で叩くと、背を向けて帰っていきました。

◇◇◇

土曜日。

電子音が狭い部屋に木霊する音に目を覚ましました。

半分夢の世界を彷徨《さまよ》ったまま、現実世界の受話器を手に取ります。日は既に高くのぼっていました。

「はい、本城です」

「……私ですが、誰だか解りますか?」

若い女性の声でした。

女性からの電話は母親からの電話しかなかったので、先ず私は女性の声に一瞬不快を覚え、直後若い女性の声と言うことに戸惑いと期待感を抱きました。「私」で母親を連想し、「ですが」で私はキャッチセールスを連想し、「ますか?」で、知り合いの女性を思い描いたのですが、就職後転居した此処の電話番号を教えた女性の知り合いはいません。瞬時に

私の頭は素早く回転しましたが、結果的に声の主に心当たりはありませんでした。

その時受話器の向こうから、小さく声を殺して含み笑いをする声が聞こえてきました。

「……久遠さん？」

私は、恐る恐るその名前を口にしてみます。

「当ったりー」

昼間職場で会う時とは違った、テンションの高い声が返ってきました。

久遠さんは「うちで食事を一緒にどうですか？」と言ってきました。

実のところ保険屋さんの自宅に誘われたのはこれが初めてではありませんでした。別の保険屋さんの家でも夕食をご馳走になったことがありました。しかしその時は同僚も一緒でしたが。

家族が家に居るでしょうから、私を誘惑している訳でも無いでしょう。ましてやこれで契約を取ろうというには少々浅はかすぎます。契約を勧められることになるとしても、コンビニ弁当に飽きた私は誘いを受けることにしました。それにしても自宅に招くというのは、この地域の保険屋の慣習なのでしょうか。

彼女とは、保険屋社屋最寄り駅のロータリーで待ち合わせることにしました。私は車で行くことと車種は赤のプレリュードだと告げ、電話を切りました。プレリュードは、父の車を福岡まで持ってくるのは父が困ると思ったので、引っ越す前にローンで買っていたものです。

洗濯機を回しながら軽い食事を摂《と》り、クリーニング店にワイシャツを出し、洗濯物を干してTVを見ていたら、いつの間にか待ち合わせ時間が迫っていることに気付きました。

私は、アパートから少し離れた所に借りた駐車場まで行き、待ち合わせ場所に向かいました。


ロータリーに車を停めていると、彼女はすぐに現れました。

クラクションを軽く鳴らすと、彼女は満面の笑みで近づいて来ました。

「格好いい車やねぇ」

助手席のドアを開けて乗り込みながら、彼女はそう言います。

「あれ？　お子さんは？」

「保育園に行っとーと。私、土曜も働いとーとよ？　フフフ」

笑いながら自慢げに話します。

「どっちに行けばいい？」

「実はお客さんに書類を届けてから直帰するって、上司に言って出て来たっちゃん。そこに寄って貰っていい？」

私は言われるまま彼女を送り、その用事が済んだ後に彼女の家に向かいました。彼女の指示に従いながらハンドルを操作し、路地を進んだ先の空き地に車を止めます。車を降り、彼女の後を追って細い路地を進んで行くと、3階建ての公営住宅のようなアパートの前に出ました。

彼女は止まること無く進んでいきます。階段を上がり、1階のドアを解錠し、ノブを回して開けました。

「どーぞ」

促されるまま私は部屋に上がります。中は結構広い間取りでした。

「貫太が散らかしちゃっててごめんねー。そこに座ってて」

私は椅子に腰掛けます。

彼女は洗濯物を取り込み始めました。続けて取り込んだ洗濯物を畳みだします。私が居るのも気にせず、いつも通りの家事を行っていました。

「旦那は土曜なのに仕事なの？」

「仕事なんやって。でも土曜に泊まりの出張って有り得んでしょう。多分浮気しとっちゃん」

重大な告白をいとも簡単に口にします。

部屋には家族写真が飾ってありました。そこに写った旦那は、浮気をするような感じには見えない真面目そうな好青年でした。

「さて、と。貫太君を迎えに行かなくっちゃ。一緒に行こ？　私、自転車を会社に置いてきたっちゃんね。買い物もしなきゃ」

彼女に言われるまま保育園に向かいます。彼女は息子を連れて出てきました。貫太君は全く私を警戒すること無く車に乗りこみます。まだ2歳ぐらいでしょうか。そのまま買い物にも行きましたが、周りには子連れの夫婦にしか見えなかったでしょう。アパートに戻ると、彼女は息子を着替えさせて夕飯の支度に取りかかりました。その間私は貫太君と遊んでいました。貫太君はまだ言葉を覚えていないようでしたが、なんとなく言いたいことは分かります。何より仕草が可愛らしいのです。

「は～い、食べるとよー」

遊びに夢中になっていると、夕食が出来上がりました。

指定された席に着くと、食卓には温かい料理が並んでいました。炊きたてのご飯など何時ぶりでしょう。この箸は旦那のじゃ無いだろうな、と一瞬戸惑いましたが、ありがたく頂くことにしました。

意外に美味しいです。

「へえ、料理上手じゃねぇ」

「そうよ。主婦なのよ、私」

子供にご飯を食べさせながら、大仰に答える彼女。

夕食が終わると、彼女は片付けを始めました。

私は再び貫太君と遊んでいました。

「私、貫太をお風呂に入れてくるわね」

彼女はそう言うと、さっさと子供を連れて風呂場に行ってしまいました。

あれ？

そういえば食事は済んだし、私は帰るべきなのでは？

ご主人、帰ってこないんだよな……。

帰ることを告げようと風呂場に向かいましたが、どうも彼女も一緒に風呂に入る様子です。服を脱いでいる気配がします。

こんな状況は初めての経験でした。

人妻ってこういうものなのか？

それとも私は危険とは思われていない？

お風呂から貫太君のはしゃぐ声が響く中、私は迷っていました。黙って帰るのも失礼だし……。

悩んでいる内に、風呂場のドアが開く音がし、まず貫太君が裸で飛び出してきました。

「ごめんね～？　やっぱりお風呂に入っている時に泥棒とか入ってこらしたら、怖いやん」

そう言いながら、彼女はTシャツにパジャマのズボン姿で現れました。

「貫太～おいで～」

呼ばれた貫太君は彼女の前まで走ってゆき、広げたバスタオルの上に寝転びます。彼女は軟膏を取りだし、貫太君の身体に塗り始めました。

「この子、アトピーったい」

貫太君の身体を見ると、カサブタだらけでした。血が滲んでいる箇所もあります。その惨《むご》さに思わず私は眉をひそめました。

「痒くって、血が出るまで掻きむしるとよ。止《や》めるよう言ってもきかんと」

薬を塗り終わると、彼女は貫太君に服を着せました。貫太君は待ちかねたようにおもちゃの方に走って行きます。

彼女はそれを幸せそうな目で見ています。


彼女の奮闘ぶりに私は感心しました。

尊敬の念を抱いた、と言ってもいいでしょう。

そして頑張っている彼女が愛おしく見えました。

無警戒で私の横に座っている姿に、私は自分でも信じられない行動をしたのです。

私は、彼女の腕に軽く口づけをしました。

彼女は口元に驚きの表情を浮かべ、じっと私の行動を見つめていました。私は顔を上げると彼女の瞳を見つめ、優しく微笑みました。

「なにしよっと～」

彼女は破顔し、笑いました。

その時、貫太君と私は目が合ってしまいました。

貫太君は何か新しい遊びが始まるのかと勘違いし、奇声を上げて彼女の上に飛び乗ってきました。

◇◇◇

貫太君ははしゃぎ疲れて寝てしまいました。

息子を布団に寝かしつけた彼女が寝室から出てきます。

「今日はありがとね。来てくれて」

「いや、楽しかったよ」

彼女は、ＴＶを見ている私の横に座ります。

「パパが居ないと駄目ね。貫太があんなにはしゃいだの久しぶりに見たわ」

「そう」

「私も夜が怖いったい。パパ帰ってこんし……」

私は彼女を見ました。

昼間の彼女からは想像がつかない一面です。明るく気丈な性格でもやはり女性。子供と二人で寝るにはこの家は広すぎるでしょう。

彼女がまだ若いということも忘れていました。

突然私に、何か自分に出来ることがあればという気持ちが芽生えました。

「だから私、旦那とは寝てやらんとよ」

そう言う彼女は私の表情を見て動きを止めます。

私は彼女の瞳を見つめていました。

私の気持ちは妙に落ち着いていました。

旦那が突然帰宅してくるかもしれないということも。

これは人の道に外れることだということも。

隣で子供が寝ていることも。

家に帰るべきだということも忘れていました。

平常心である証拠に、私の震えは止まっていました。


彼女にゆっくりと顔を近づけます。

頑張って生きている彼女に口づけしたい。只、それだけでした。

彼女も私を受け入れ、唇が重なり。両手で彼女の髪を掻き上げ、指先で頭皮をまさぐりながら舌を差し込み、彼女の舌を誘い、絡ませました。

彼女の白い手が私の手に重なり、苦悶する声に、私は口を離します。

私を拒むために添えられたと思われた手はそのままで、目を閉じ顎を仰け反らせて漏れた甘い吐息に、ぞくっとするような色香が彼女の身体から立ち昇りました。私が指をゆっくりと側頭部に這わすと、ゆらゆらと左右に頭を揺らせて苦悶の表情を濃くし、吐息が荒くなります。髪を乱されたことで彼女は興奮し、毛根の間を滑らせる指に快感を覚えているらしく、見たことが無い彼女に変貌してゆきます。

次第に妖しさを増していく彼女の表情に急激な嗜虐感《しぎゃくかん》に襲われ、初めて知る興奮に鼓動が胸を内側から強く叩き、全身の血が熱く滾《たぎ》り――。

理性が失われてゆく、ある種恍惚感に似た感覚に、私は身を任せました。

◇◇◇

次の日の朝、私は部屋のドアが軋む金属音に飛び起きました。

(旦那が帰ってきた！)

弛緩しきっていた全身の血管が収縮し、一気に目が覚めて顔が青ざめました。見知らぬ男が自分の妻と同じ布団に寝ている姿を目撃した夫が、殺意を含んだ怒りの表情を浮かべる映像が脳裏を過《よ》ぎります。

隠れなければ！　と起き上がろうとする私を、彼女の眠そうな声が遮りました。

「あれ、新聞屋さん……」

彼女曰く、配達員が新聞受けに朝刊を差し込んだ音だそうです。数秒間私は体を硬直させていましたが、凝視する襖《ふすま》は開かれることは無く、玄関にも人の気配はありません。

今更ながらとんでもないことをしてしまったと自覚し、怯え、戸惑う私に彼女は、

「抱っこ」

と言い、私に向けて両腕を伸ばします。

彼女の満面の笑みに、私はゆっくりと緊張を解き、私達は抱き合いました。

彼女が作った朝食を貫太君と一緒に食べ、彼女の自転車を取りに会社まで送りました。

彼女は通園も通勤も自転車だそうです。

彼女と別れて家に戻り、独り静かに白い壁を眺めていると、昨夜の事が現実離れした夢のように思えます。自分があんな大胆で危険な行動をするとは思いませんでした。しかし私の記憶には、私の身体の下で歓喜し乱れる彼女の姿が焼き付き、その甘美な体験が後悔の念を霧散させ、そしてそれは、私が男であることを再認識させて、次第に気力が湧きあがるのを感じました。そして目的を失い毎日をただ淡々と過ごしていた私に、今日から生きていく活力を与えたのです。

休日明けの昼間、彼女は私の部署に現れました。

彼女は私の前を素通りし、他の部員と談笑しています。

(週末のことは彼女の気まぐれだったのか)

そう思いながら彼女を目で追っていると、部屋を出る瞬間彼女は、はにかむような笑みを浮かべて、私に流し目を送りながら出て行きました。

そして週末。

土曜の朝にチャイムが鳴ったのでドアを開けると、彼女が屈託のない輝くような笑みで立っていました。

奇妙な関係が始まっていました。

◇◇◇

彼女とは、二人の時間さえ合えば逢うようになりました。

ただし連絡は彼女からのみ。

誰が電話口に出るか判らない為、私から彼女の家に電話することは不可能です。

それはある意味私にとっては都合が良いことでした。

私から誘うことが無い、つまり私が望んで逢っているのでは無いという理由にもなるからです。

正直に告白するならば、私は恐れを抱いていました。

人の道に外れた行いをしている私自身に。

部屋に彼女を招き入れるという愚かな行為を犯す自分に。

そして私にとって謎である彼女の意図に。

もしもこの関係が彼女の夫に露呈するようなことになれば、私は何かしらの償いをしなければなりません。刺されるかもしれないし、会社もクビになるかもしれません。

この罪悪感と緊張感は、彼女と逢う度に私についてまわりました。

しかし私は彼女を拒みませんでした。

彼女は私を孤独から解放してくれたのです。

世の女性、親戚そして親兄妹までも信じられなくなっていた私は、誰に対しても心を閉ざしていました。

祖母を裏切り、そして死に追いやった自分を責め、自分は幸せになる権利は無いと、これからの人生は懺悔《ざんげ》の為だけに生きねばならないのだとの概念に縛られていた私を、彼女はいとも簡単に赦《ゆる》し、呪縛から解き放ちました。

そして女性に喜びを与える能力など持ち合わせていないと考えていた私に彼女は、親を慕う少女のような無垢な笑顔をくれました。

しかし同時に、私は彼女の真意が読めず、疑心暗鬼に陥り悩みました。

何故彼女は私を選んだのか。

何か理由があるのでは無いのか。

思い当たる一つの回答を、私の部屋で私の右側に横たわり、テレビを見ている彼女に問いかけてみました。

「そう言えば、保険のプランを持ってくるって言ってなかったっけ？」

私は現在入っている生命保険プラン内容のコピーを彼女に渡していました。彼女はプラン内容を見直してくるので、自社プランを紹介させて欲しいと言っていました。

そう。私は彼女が私から契約を得るために、所謂《いわゆる》枕営業を行っているのでは無いかと疑ったのです。それが唯一、活力を失い、男としての魅力が失せた私に彼女が近づいて来た理由だと考えられ、私も納得出来る彼女の行動原理でした。

「諦めた」

彼女から返ってきた言葉は、私が予期しなかったモノでした。

私は、彼女が私の発言をきっかけに、保険について自社製品の優位性を語ってくると想像していました。それが「諦めた」とは一体……。

「だって今のままでカズの年齢だったら十分保証が足りとーもん」

実にあっさりと、彼女は言い放ちます。

私の考えは杞憂《きゆう》であったようです。

私の何処が気に入ったのか判りませんが、彼女は私に逢うために此処へ来ているようです。

私は、彼女が契約を取ることを目的として私に近づいてきたと、そう思いたかったのかもしれません。何故なら私に、この関係を正当化出来る理由が存在することになるから。それであるのならギブアンドテイクの関係と割り切り、私の罪の意識は軽くなる。そのため彼女の返答は私の罪の意識を消すことはありませんでした。

しかしそれ以上に、そのような邪道な手段を選ばぬ彼女に尊敬の念を覚え、そんな理由では無く私に逢いに来てくれる彼女を愛おしく思い、私は腕を彼女の背に回しました。彼女は私の手の動きに合わせるように体勢を変え、私達は抱き合い口づけを交わしました。

私は瞳を閉じて、彼女の甘い匂いと絡め合う舌の柔らかさに陶酔しながら、別の考えが浮き上がってくるのを自覚していました。先日聞いた「ゴムなんて要らない」という言葉と共に。

彼女は夫と離婚して、私と再婚するつもりなのでは無いのか――と。

◇◇◇

彼女と逢えるのは土曜だけでした。

平日は私が仕事で帰宅が遅く、彼女の家には旦那も居ることから夜に逢うことはおろか、電話さえ掛かってきません。彼女が息子を保育園に預けた後、土曜の朝に彼女から連絡が入るのが通例でした。彼女も土曜は仕事のため、連絡が来たとしても逢える時間は限られていました。長く一緒にいられる機会は、旦那が泊まりの出張になった時。そんな時には彼女の家に招かれ、夕食をご馳走になりました。

しかし、旦那が居なくとも息子は居ます。私は貫太君と遊びながら、無邪気に喜ぶ彼の姿に胸を痛めました。

――この子の教育上、私の存在は悪ではないのか――。

しかし彼女は全くそんなことは気にしない様子で、私に息子を任せて料理や家事をこなしており、その姿が私には、息子を私に慣れさせようとしているように思え、離婚への布石に思えてしまうのです。貫太君はまだまともに会話も出来ない年齢であるためか、私と彼女の関係など気にもせず、私をただの遊び相手として受け入れていました。彼の仕草の可愛らしさは、子供嫌いな私でさえ愛らしさを覚え、人見知りしない性格は私の警戒心を忘れさせ、一緒に遊ぶこと自体は楽しいのですが……。

彼女が貫太君を風呂に入れている間、彼の記憶に私の存在はどういうふうに残るのだろうかと思い悩みます。私のことを全く覚えていないか、若《も》しくは昔よく遊んでくれたお兄さんがいたなぁ、程度の記憶であればいいのですが、成長して私が母親の不倫相手だったのだと気付く日が来た時、彼女は辛い思いをするのではないでしょうか。

そんな私の苦悩を全く気付く気配も無く、彼女は貫太君の体に薬を塗ってパジャマを着させ、寝室へ連れて行き寝かせつけ始めます。

私はここで帰るべきなのですが、何も言わずにいなくなるのも彼女に要らぬ心配を与えてしまいそうで、それに「夜が怖い」という彼女を、この広い部屋に残して帰るのも忍びなかったのです。

独りになった居間を見渡していると、確かに寂しさを感じます。

間もなくして、彼女が貫太君を寝かしつけて戻ってきました。

「貫太、やっと寝てくれたわ。コーヒーでも飲む？」

「うん」

彼女は台所に立ち、カップにインスタントコーヒーを入れ始めます。

「子育てって大変やな。保育園費用も送り迎えも大変やろうに、お母さんは来てくれんの？」

「私、母親と絶縁状態なん」

彼女はカップにポットから湯を注ぎ、両手にカップを持って戻ってきました。

私は聞いてはいけないことを言った気がして、何も言えずにいました。

彼女はカップに口をつけ、ほっと一息つくと自ら話し始めました。

「私、16の時に家を出たと」

彼女は両手でカップを持ち、宙を見上げながら続けました。

「母は私に冷たかったと……。小さいときから母は兄や妹には優しかった。……特に兄にはね……。今でも理由は判らんけど……何故か私にだけ厳しかった……」

私は黙って話を聞いていました。

「だけど、父だけは私を可愛がってくれてた……。でも――」

「でも私が16の時……父が突然死んでしまった……。だから私は家を出ることにしたと。進学にも興味はなかったし、生活するために高校も辞めてスナックで働いた」

彼女はカップを見つめて、思い出すように語りました。

「でも、今の私には貫太がいるから。……家を出てから私悪いことばかりしてきて、……子供を堕ろしたこともあるわ……。私には子供は作れないと思っていたから、夫に生んでいいって言われたときは嬉しかった。結婚を申し込まれた時も」

「でも夫の両親は私との結婚は反対だったから、夫の親にも頼れんとよ……。だから、私が頑張るしかないいったい」

　言い終わると、彼女はこちらを向いて微笑みます。

　彼女の人生が苦難に満ちた人生だったことに、暫くは私も何と声を掛けてやれば良いか判りませんでした。

「家族がバラバラになる辛さは俺も解るよ……。俺も去年までは名前、本城じゃなかった」

　彼女にしてみれば、私は何の苦労もせず生きてきたように見えていたのでしょう。驚きながらも彼女は、私の両親が離婚していることや、彼女と別れて田舎に戻ってきたこと、そして名前を変えた為に祖母が死んだことを親身に聞いてくれました。

「カズはいい男っちゃよ。私が保証する。私が持っていないモノたくさん持ってるし。もっと自分を信じていいと思う」

　慰められるなんて初めてでした。

　私は溢れてくる愛おしさを彼女にぶつけました。

　その夜二人は、お互いの傷を癒やし合うように、お互いの身体を慈《いつく》しみあいました。

◇◇◇

　自分の過去を打ち明けたことで、二人の仲はより親密になりました。

過去避妊に失敗した不信感から「ゴムなんて……」という言葉が出たことも判りました。二人でいる時の彼女と私は、ただの恋人同士のようで、彼女は私を「カズ」と、私は彼女を「ナナ」と呼び、そして何者にも束縛されない学生のように刻を過ごしました。

福岡に土地勘の無い私に、彼女は色んな場所を教えてくれました。博多埠頭のアクアリウムでゆったりと泳ぐウミガメを見に行ったり、時間が許せば油山まで夜景を見に行ったりもしました。

ただ二人には時間の制約がありました。

逢うことが出来るのは土曜日のみ。しかも彼女が仕事を済ませた後から貫太君を迎えに行くまでの間しかありません。旦那が家に居る休日や祝日は逢うことは叶わず、私は独りで過ごすしかありませんでした。何処かに出かけることが出来るのは希なことで、多くの時間は私の部屋で過ごしました。


その貴重な時間を、二人は贅沢に使い、私の部屋でパソコンゲームに興じたり、ビデオを見たり、そしてただ抱き合って寝ていたこともありました。

そしていつも別れ際には、時間の経過が不思議なぐらい早すぎることを恨んでいました。

二人でいるときの彼女は、仰向けの体勢から両手を真っ直ぐに私に差し出し、

「抱っこ」

と、屈託の無い笑顔を投げかけてきます。

私がすぐに身を預けずにいると、何度も繰り返して言い、駄々をこねました。

私が身を寄せると彼女は満面の笑みを浮かべてしがみつき、そして深い安堵の甘い溜息を、私の耳元で洩らします。彼女は全身を私に密着させ、不思議なくらい二人の身体はしっくりと合いました。

私は彼女の首筋に顔を埋め、彼女の髪の匂いを胸一杯吸い込みます。

彼女の匂いは甘美で、石鹸の匂いの中に微かな彼女自身の甘い香りが混ざり、私の気持ちを安らかにしてくれました。

私は彼女の髪を指で梳《す》いてやり、彼女はそれがお気に入りでした。髪を梳いているときの彼女は、梅の花弁のような唇を微かに開き、全身の筋肉を弛緩させ、私の顔が自然にほころぶほど無防備で幸せそうな顔をしていました。私は彼女がその幸せそうな顔をしている限り、たとえそのまま彼女が寝てしまおうとも、ゆっくり耳元の髪を掻き上げていました。寝てしまったときの彼女は、暫くした後ゆっくりと瞼を開き、そして目の前に私の顔があるのに気づき、照れて「もう！」と私の胸に顔をこすりつけながら私を叱りました。

そして私は彼女の頭を撫でるようにして包み込み、彼女は私の首に腕を回し、長い口づけを交わします。

彼女は私の心から、虚栄心や蟠《わだかま》りを全て拭い去ってくれました。

彼女の部屋へ泊まることもありました。

自分でも信じられない大胆な行為ですが、彼女の明るさが何時も私の不安を打ち消しました。しかし、毎朝新聞配達員が新聞受けに朝刊をけたたましく入れていく音が毎回ドアを開く音に聞こえ、いつまでも慣れることはありませんでした。

◇◇◇

その日も私は新聞受けの爆音で目を覚ましました。

隣で眠る彼女は、それから暫くしてゆっくりと瞼を開きました。

私は彼女に「帰るね」と言うと「まだ」と言いながら私の腕に抱きついてきました。彼女の温もりと柔らかさに暫く浸っていましたが、隣の部屋で貫太君が起きる気配がし、彼女は慌てて起き上がり、襖を開けました。

貫太君はまだ寝ていました。「貫太が起きた時、隣に居ないと泣くから」と彼女が言い、居間に敷いていた布団を、貫太君の小さな布団の横に二人で移動させ、私は服を着て彼女に手を振ると、彼女の口が（またね）と動くのが判りました。

1階にある彼女の部屋を出、階段を降りてアパートの駐車場を入り口方向へ歩いている時でした。

敷地入り口から歩いてくる男性がいました。

私はすっかり気を抜いていたのです。

彼女の言うことをまるっきり信用していました。

彼女がまだゆっくりしていって良《い》いという言葉に甘え、つい長居してしまいました。

人生最大の失敗です。

その男性が視界に入った瞬間、後悔と、予測されるあらゆる不幸が頭を駆け巡りました。

いつかこの日が訪れることは予想していたはずなのに、私は何の準備もしていなかったのです。

私の方へ歩いてくる人物は、写真で見た彼女の夫でした。

こんな朝早く帰宅することは、彼女も予想していなかったでしょう。

私は全身を硬直させながらも歩を緩めませんでした。

横にも後ろにも道はありません。

立ち止まるのも不自然です。

旦那との距離は相対的に縮まります。


彼は何時から私を見ていた？

階段を降りたところから？

ドアから出てきたところからか？

もし、彼女の家から出てくるところを見られていたのであれば呼び止められる。そして問い詰められ、もう一度彼女の部屋へ連れて行かれ、そして修羅場となる。

私は貫太君が口論と怒声が飛び交う中、床に座って天を仰ぎながら泣く姿が脳裏を過《よ》ぎりました。


「おはようございます」

私と目が合った旦那は、爽やかな挨拶をよこしてきました。

ぎごちない会釈をしながら私は、歩速を変えずに彼女の夫とすれ違いました。途端に額から汗が噴き出ます。

私は目眩《めまい》を覚えながらも、敷地出入り口に向かって歩き続けました。


旦那は私を新しい住人だとでも思ったのだろうか。

しかし彼はこの後すぐに家の中に入るはず。

食器は？

コーヒーカップは？

煙草の吸い殻は？

何か私が居たという痕跡を残してこなかったか？

貫太君が男が来ていたなどと話したりはしないか？

ドアが開く音に彼女が「忘れ物？」等と口走ったりはしないだろうか。

しかし、今それを確かめることは出来ません。痕跡を残してきたとしても消し去る術がありません。

次に彼女から連絡が入るまで、私は苦悩を抱えたままでいるしかありませんでした。

仕事中も、旦那からの呼び出しがあるかもしれないと、緊張感が抜けることがありませんでした。

ナナとはもう逢えなくなるかもしれない。

落ち込んだまま土曜を迎えた私の部屋に、ナナは突然現れました。

◇◇◇

「先週、うちの旦那とすれ違ったちゃろ」

ナナはそう言いながら、私の部屋に上がってきます。

「ああ……。それで旦那は……」

最悪な結末が脳裏を過ぎります。

「カズとの関係がバレた……。もう……逢えんたい……」

予想通りの言葉が返ってきました。彼女は私に背を向けたまま黙っています。

ナナとの逢瀬も今回が最後。

突如、複雑で真逆の感情が私を襲いました。

安堵と寂しさ。

悲しみと脱力感。

それらが入り交じり、私の体内で流転《るてん》しました。


「嘘っちゃん♡」

ナナがピョンと振り向きながら、悪戯っぽく笑いながら答えます。

その笑顔に私は安堵し、同時にこの危ない関係が続くことに戸惑いも覚えました。

ナナはそんな私の心情を気にもせず、部屋の中央に座りながら話を続けました。

「でも危なかったとよ〜。てっきりカズが戻ってきたと思ったから、私玄関に走って行ったと。もう少しで『忘れもの？』って言うところやった。言う前に旦那って気付いたけど。玄関まで行かなかったら絶対言ってたわぁ」

私は体から力が抜けていくのが判りました。

彼女に迷惑がかかるようなことにはならなかったようです。

私のそんな心配をよそに、彼女は私に笑顔を向け、両手を伸ばしてきました。

私は誘《いざな》われるように、その腕の間に身を預けてゆきます。

彼女の甘い香りに、私の不安が霧散してゆき、代わりに私の身を安堵感が包んでいきました。

◇◇◇

苦悶に縛られた日々を過ごすことは無くなり、以前の生活が戻ってきました。仕事の方も係長が交代したことで、それまではお客のような扱いで、単純で量の多い事務《じむ》仕事しか回ってこなかったのですが、重要な案件を任されるようになりました。仕事はきつくなりましたが、着任したての頃のように何も仕事が無いよりマシです。今までは居心地が悪かったのですが、ようやく自分も役に立つことが出来るようになったのです。毎日が卒論を書いているような忙しさとなり、加えて卒論では検討項目に上がらなかったコスト検討が必須で最重要事項になります。しかし妥協すること無く細かいところまで検討して資料を作成した結果、あの厳しい課長から資料の作り方が良いと褒められ、しかも皆に私が作成した資料を見本資料として配付された時は嬉しかったです。

代わった坂田係長は同じ部の別の部署から移ってきたので、元々同じフロアで仕事ぶりは見て知っていました。声が大きくよく笑うので目立っていたこともあります。坂田係長になってこの部署も明るくなりました。

「今日はノー残業デーだからはよ帰れよ～」

と部員に言いながら私を見て、

「あ、お前は残ってても構わんばい」

と、惚《とぼ》けた様子で、出向者である私は労務規定対象外で給料も出向元から出ていることを知った上で言い、笑い飛ばします。

勤務外でも、係長は我々をねぎらってくれました。

家にも一度招かれましたが、呑みに行くにしても女の子を連れて来たりと、強制的に無理矢理付き合わせるのでは無く、是非とも行きたくなるようなセッティングをしてくれるのです。社員は全員家族持ちなので、私達独身出向者のために連れてきてくれているとしか思えません。連れて来る女の子は、書類の電子化の為に常駐している関係会社の吉野さんと川野さんという女性社員で、他の会社から来ているという点では私と似たような境遇です。立場的ゆえか、言われた作業は文句言わずに引き受けてくれる女性達で、正社員のお高くとまった女性とは違って話しやすい人達でした。しかし食事に誘うような仲にまではならなかったので、実に気の利いた人選です。坂田係長の男女分け隔て無く接する性格も、女性にしてみれば好感が持てるのでしょう。彼女たちは喜んで参加してくれました。

そんな和やかな飲み会で、私達は打ち解けていきました。

「この前の書庫整理の時は吉野さんに目が釘付けでしたよ～」

彼女達に気を許した上に酒に酔った私は、つい口走ってしまい、すぐに後悔しました。

「吉野さんがどうしたとや」

どうしようかと思いましたが、皆の視線が私に集中しています。

「……いや、あの日は皆汗をかくんで薄着やったやないですか。で、吉野さんは白いTシャツ姿で、その……緑のブラが透けてて……」

「な～んや！　お前、仕事中に何処見とっとか！　こんスケベが！」

係長のツッコミに皆が爆笑しました。彼女達も笑っています。良かった、とホッと胸を撫で下ろしました。やはり年上の女性は余裕があります。

◇◇◇

仕事もプライベートも以前より充実した日々を私は送っていました。父とのアパート生活とは比べものにならない程、気持ち的に楽な生活でした。田舎での生活は遊ぶ仲間もおらず、退屈で憂鬱な日々でした。何より私を孤独から救ってくれたのがナナです。彼女と逢うことで私は、人生を楽しむことを思い出しました。


今日も二人で博多埠頭に来ていました。

降り注ぐ日光は暖かく、光が水面《みなも》に反射して輝いています。

こんなデートスポットに来られるのも都会のお陰。田舎なら、すぐに知り合いに見つかっているでしょう。

「カズは本城の方が運勢良いみたいよ。姓名判断してきたっちゃん」

埠頭のベンチに座り、私はナナと和やかな時間を過ごしていました。

「山崎だと運勢の起伏が激しいけど、本城だと安定するみたい」

何故だか解らないですが、彼女は何かと私を元気づけようとしてくれていました。

彼女がどんなつもりで私と逢っているかなど、もうどうでもよかったです。私はどんな未来が待ち受けていようとも、それを受け入れるつもりでいました。それほど彼女といる時は心地よく、肩の力が抜けて自然な自分でいることが出来ました。ナナと私はお互いの心の隙間を埋める存在で、それ以上の関係を求めてはいない。だから男女の駆け引きなどもする必要は無く、故に喧嘩することも無く、ただただお互いの存在だけが必要なのです。


「すみません」

突然横から若い女性に声をかけられました。

「この後カメラが来るんですが、インタビューお願い出来ますか？」

私の身体は硬直しました。

「駄目〜」

私は即答で「面倒臭いから引き受けない」というような素振りで答えました。すると地元テレビ局関係者らしき女性はすぐに立ち去っていきました。私は表情にこそ出しませんでしたが、心拍数が上がっていました。

冗談じゃない。

二人でいるところをＴＶなんかで流されたら誰が見るか判らない。

内心慌てている自分に気付き、公《おおやけ》には出来ないような関係を彼女と続けていることを、私は改めて認識させられました。横にいるナナの反応からは、私が答えた言葉をどう受け止めたのか読み取れません。

「行こうか」

此処にテレビカメラが来ることを知った私は、万が一にでも二人でいるところが映像として流されることを避けるために、別の場所に移動しようと考えました。ナナは私が立ち上がると「うん」と言いながら私の後についてきます。

ナナと居る時間は私にとって、唯一の癒やされる時間でした。それを奪われるのは確かに辛いです。しかし私の存在自体が祖母を死に至らせるような「悪」なのです。

私がどんな罰を受けようとも構いません。しかしナナに不幸が及ぶことだけは、例えば彼女が息子と会えなくなるような事態になることは避けたいです。もう他人を不幸にするような根源にはなりたくありませんでした。その恐れがあるのなら、ナナと逢うのを諦めても構わない覚悟はありました。いずれにせよ、何時か終わりが来る関係だと言うことは、お互い判っているはずです。関係を続けるのであれば、誰かを不幸にしてしまうのですから。

駐車場へと歩きながら、二人が進む先には何が待ち構えているのだろうと考えていました。

＝＝＝＝＝＝＝＝＝＝

母からまた、電話がかかってきました。

最初は何を話したくて電話をかけてきたのか理解できないような内容の話をされました。店の前に飲料水の自動販売機を置いて欲しいと2社から売り込まれているがどうすればいいだろう、などという話を、何故私が決めなければならないのかとうんざりしていた時に、その話は出てきました。

「それでねぇ……。鎌田さんが自分の籍に入った方が何かと良いと言うんよ……。あんたどう思う？」

耳を疑いました。

相手の籍に入る？

つまり姓を変えるということをこの女は言っているのか？

貴女が離婚した原因はその「姓」の為じゃあなかったのか？

私は心底呆れました。自分を生んだこの女に。

思考が全く理解できません。

私は念の為確認してみました。

「名前を鎌田に変えるの」

「そうなんよ。鎌田さんは自分が死んだら籍を元に戻せばいいって言いよるけど……」

怒りを通り越して哀れだと思いました。

「あんたの好きにしんさい」

と言って私は電話を切りました。

確かに鎌田さんは元経営アドバイザーだけあって、母の店を持ち直させました。お陰で私も、母に毎月金を渡す必要もなくなっていました。最近ではタイに長期滞在旅行にも行けるご身分です。

しかし、両親の離婚原因だった「姓」を変えるということは、次元が違います。

この女の血が、私の道徳心を制御不可能にしているのではないのか、周りの人間を不快にさせる行動を無意識のうちに行ってやしないかと不安を抱き、よく考えれば既にその恐れのある行為を行っている自分に嫌悪を覚えました。

◇◇◇

冬の澄んだ空気が朝日の光をさらに煌めかせていました。

カーテンの隙間から差し込む光は、光の粒子を部屋中に反射させせながら、部屋全体を仄《ほの》かに白く染め上げげています。

一条の光が彼女の頰を照らし、薄い産毛を金色に光らせ、彼女の肌は白く輝き、微かに開いた唇だけが桜色をしています。

安らかな寝息を立てているナナの瞼は閉じられたままで、私はその長い睫毛《まつげ》をずっと見ていました。彼女の側に居るだけで、嫌な気分を忘れられました。

彼女を幸せにしたい……。

そんな想いが、自然に沸き上がってきました。

彼女の夫とすれ違ったときのことを思い出します。

冷静に考えれば、あれは朝帰りだったのではなかったのでしょうか？　出張であんな早朝に帰宅することは考えられません。浮気が事実であれば、ナナがあまりにも可哀想です。

私であれば、結婚した後に他の女性に目を向けるなどしない自信があります。


……結婚？

略奪愛？　結婚を諦めている私が？


ナナなら今の私の複雑な家庭事情も受け止めてくれそうでした。

しかし彼女が私のことをそこまで想ってくれているのか、自信はありません。

結婚という結果を求めない関係。

お互いの心の空間を埋める、今だけの存在。

それだけで私は満足しています。と同時に彼女への感謝を何らかの行動で伝えたかったのです。

出向期間が終われば田舎に戻ることになります。

それまでに私は決意をしなければなりません。

この関係の結末を。

部屋の中の光の粒子が、先ほどよりもずっと濃くなってきて、彼女の素肌が白くきらめき、私は彼女の寝顔を飽きることなく見つめていました。

この刻が永遠に続けば、この幸せな刻も永遠に続いたでしょう。

ふと彼女の睫毛《まつげ》が揺らめき、微かな、この静まり返った部屋の中だからこそ気づくことの出来た微かな吐息を、その小さく型の整った鼻腔から細く漏らすと、ゆっくりと薄く瞼《まぶた》を開きました。

彼女は眩しそうに、潤んだ瞳を上から見つめている私の顔にまっすぐに向けると、聖母のような優しい微笑みを浮かべ、桃色の唇を薄く開き、動かしました。

「……おはよ」

＝＝＝＝＝＝＝＝＝＝＝＝＝

月に一度、私は自社に帰っていました。最初は業務報告が主でしたが、仕事の打ち合わせ目的で戻る機会が多くなっていました。

その日はタイミング良く忘年会があり、久しぶりに地元で同じ部署の先輩達と呑むことになりました。始まって30分も経たないうちに、各自最初に座った席に座っている者はいなくなりました。ある者は部長に議論を挑み、ある者達は輪になって呑み合っています。

机の上に座っている者も居ました。本当にウチの部署は酒が好きです。

私はトイレに行くため1階に降り、用を足して外に出ると、聞き覚えのある声が耳に入りました。その部屋を覗くと会社の総務部の人達でした。こちらも忘年会のようです。

「あーら、本城君じゃない～」

総務部の斉藤さんが声を掛けてきました。

高卒で入社しているので総務部では古株ですが、歳は私の2つ位上のはずです。女性社員のリーダー的存在でした。私の名前を覚えてくれているのは嬉しかったです。総務なので、社員の顔と名前を全員覚えているのかもしれません。

「同じ店で呑んでたの～？　こっちいらっしゃい」

私は誘われるまま、斉藤さんの隣に座ります。

「近藤部長もおるんか？　ちょっと、挨拶してこよ」

総務部長はそう言って出て行きました。数人がそれについて行き、私と斉藤さんの周りの人が居なくなって、二人で会話するような形になりました。

「まあ、呑みんさいって」

空いたグラスに焼酎を注ぎ、斉藤さんは私にグラスを突きつけます。私は素直にグラスを受け取り口を付けました。

「どうなん？　福岡は慣れた？」

「はい、忙しいですけど」

「彼女は出来たん？」

「彼女ですか？　……」

私は答えに困りました。

ナナを彼女と呼んでいいものなのだろうか。

「あ～、否定せんゆぅことはおるんじゃなぁ～」

斉藤さんは私に彼女がいると判断をしたようです。カマをかけただけかもしれません。しかし私がハッキリと否定しない限り、斉藤さんは私に彼女がいるという前提で話を続けてくるでしょう。

「どんな娘《こ》なん？　歳は？」

案の定です。やはり否定すべきなのでしょうか。しかしそれはナナを裏切る行為のような気がしました。

「年下ですけど……」

「なんかさっきから、はっきりせん言い方しよるねぇ。うまくいってないん。何か悩み事があるならお姉さんが聞いちゃるよ」

斉藤さんの寛容な話し方に気を許し、私は悩んでいることを素直に言葉にしました。

「実は……彼女は結婚していて……」

斉藤さんの動きが止まります。意外な私の言葉に驚いた様子で、言葉の意味することを理解しかねていました。しかしそれは一瞬でした。

「駄目よ。止めんさい」

酔いも吹き飛んだ顔つきで、私に諭《さと》します。しかしそれ以上責めたてはしてきません。上手く言葉に出来ないようでした。

「別れんさい。解った？」

そう言うと、斉藤さんは別の席に移っていきました。

斉藤さんには軽蔑されたのかもしれません。改めて私は、倫理に外れたことをしているのだと痛感させられました。

◇◇◇

斉藤さんの指摘を私は守りませんでした。

私はそれからも、彼女との関係を続けたのです。

常識と理性で考えれば斉藤さんの言うことが正しいでしょう。

しかし私の心が、彼女を求めて止みません。

私の中にいる、彼女が残していった魂の欠片が、彼女本体を探し求めて毎夜泣き叫ぶのです。

それは最初、自分でも気付かない程小さな存在でした。

彼女に逢う度に。時には受話器から。

少しずつ、少しずつ。

彼女の優しさが。

言葉が。

魂が。

小さな粒子のような目に見えない彼女が私の中に入ってきて。

次第に塊のように大きくなり。

今は確かにこの胸の辺りに、彼女の分身が存在していることが感じられるのです。

彼女に逢っていない時でも、貴女を感じることが出来る喜び。

虚ろだった私の心を、貴女は埋め尽くしてくれました。

彼女の内にも、私が存在していることが感じられ。

互いは自分の魂に引かれ、相手の魂に惹かれ。

お互いを求め合う甘美な感覚が私を虜にし。

その甘い感覚に一度支配された自分を、止めることが出来ないのです。


しかし終焉《しゅうえん》の刻は迫っていました。

私は地元に帰らなければならないのです。

私はぎりぎりまで、お互いの関係をどうするかの話題を出しませんでした。

彼女と逢う度に、私は話を切り出そうとし、その都度彼女との楽しいこの時間も雰囲気も壊したくないと、思い留まりました。

別れを言わずにこの地を去ってもいい。

そう思うようにもなっていました。

遠くとも逢いに来れば良いではないかと。


引っ越しの日取りも決まった最後の週末。

ナナと何時も二人で出かけた博多埠頭へ行きました。恐らく彼女と二人きりで逢うのはこれが最後です。

その帰り道。

私が車を運転している時に、隣に座る彼女が小さく呟きました。

「帰るっちゃんね……」

その言葉は静かな車内に木霊しました。

突然の彼女の言葉に、私は自分でも思いもよらぬ言葉を発していました。

「付いてくる?」

車内が静まります。車のオーディオからは緩やかな音楽が流れていましたが、車内を包んだ緊張感は隠せません。

「行けないよ……。貫太はパパが好きっちゃもん……」

彼女が答えます。

謀《はか》らずとも、彼女の意思を確認する事となりました。

私は何故あんな無理なことを言ってしまったのでしょう。しかもこんなに切羽詰まったタイミングで。彼女に迷惑がかかるようなことはしないと、彼女を束縛しないと、心に決めたではないか。

「もう少し近ければ逢いに行けるとに……」

その会話が私達の最後の会話でした。

それ以降、彼女とは顔を会わせることもありませんでした。

◇◇◇

部屋を退去する日が来ました。

運送屋は妙に手際よく荷物を運びだし、嵐のように去っていきました。あとは部屋の鍵を返し、残りの手荷物を持って田舎へ帰るだけです。

私は部屋の中を見渡し、忘れ物はないか確認しました。

下駄箱の中を見て、浴室、便所の中を確認し、居間へ戻ります。

そして改めて部屋の中を見渡しました。

カーテンもなく、フローリングの床に何もない風景は、この部屋を初めて見に来た時と全く同じでした。

後ろを振り返ると、玄関が見えます。

「カズ――」

玄関が開き、ナナの笑顔が隙間から覗く幻影が浮かびます。白昼夢のように鮮明な映像が、脳裏に描き出されました。壁に目をやると、長押《なげし》に服を掛けるナナの姿が見えます。床に目を落とすと、彼女が仰向けに寝そべり、膝を小さく左右に揺らしながら笑顔を浮かべています。

彼女の瞳が細くなり、微笑みが増し。両腕がゆっくりと上がり、肩幅の広さでその細い腕が真っ直ぐ私の方に伸び、手のひらが開かれ。

笑顔を浮かべた彼女の唇が、静かに、何度も聞いたあの言葉の形に動きました。

堰《せき》を切ったように、堪えていた感情が喉の奥にこみ上げました。

顔の筋肉が強ばり、瞼が熱く燃え。

喉の奥から漏れそうになる嗚咽を必死で堪えようとしましたが、押さえ切れない感情が涙となって溢《あふ》れ、我慢していた嗚咽が漏れてきました。

私は跪《ひざまず》き、更に腰を落とし、床に額を付けて、泣きました。

嗚咽が治まらず、顔を上げて部屋を見ます。全くこの部屋に入居した時と変わらない風景でした。それなのに、私はない家具をそこに見、そこに染み付いた思い出を見ていました。

玄関に現れた君。
私の内で育った君の存在。
その、自分の中に在った塊が、突然消えました。
彼女が在った空間が、すっぽり空洞として在り。
彼女へ行ってしまった私の魂は帰ってきません。
その空洞を埋めるものが、ありません。
何も無いはずのそこが。重く、冷たく。痛いのです。
痛さに涙を漏らしても、痛さは増すばかりで。
埋める術も、私には判りません。

＝＝＝＝＝＝＝＝＝＝＝＝＝＝＝

田舎に帰って来て一年が過ぎました。
日常は冷酷無情に繰り返され、私は仕事に埋没しました。出向先の仕事も忙しいと思っていましたが、私が戻ってきて配属された部署は桁が違っていました。事業部内での異動だったのでそれほど出向前と生活は変わらないと思っていたのですが、設計から性能検証まで行って納期に間に合わせるためには、毎日24時まで仕事をし、帰宅して夕食を食べて風呂に入り2時頃に就寝。朝は6時に起きて出社し、土日も働かなければ追いつきませんでした。

忙しい生活の中でナナの傷も次第に癒え。

それと同時に気付きました。

それまでの空虚をナナが埋め、それ以上の傷で過去の痛みを上書きしてくれたのだと。


父は再婚する気になったらしく、会食の場を設けて相手を私に紹介しました。その女性は控えめでいい人でした。私が賛成したため、父は思い切って中古の家を買いました。再婚相手には年頃の娘がおり、同居は躊躇《ためら》われたので、私は父のことを再婚相手に任せることにして、会社の近くのアパートに住むことにしました。これで1時間は余計に眠ることが出来ます。

父が再婚したことで、私が背負うモノが一つ減った気がしました。

父の吹っ切れた顔が見れたことが大きな原因でしょう。

6．そして君と出逢う

刻は容赦なく過ぎていきました。

私は過去の感傷に浸る間もなく仕事に追われる日々を過ごし、新たな出逢いと恋をし、失恋をしました。私が付き合った女性は皆、明確な理由も言わず、只「別れましょう」とだけ告げて私の元から去ってゆきました。

今の妻は、そんな私を見捨てること無く毎日のように弁当を届けてくれ、仕事で会う暇が無くても文句一つ言わず待っていてくれた女《ひと》です。

妹達が結婚し、一人が離婚して姓を戻したことも私の決意を変えさせた一因でした。

妻との結婚式に学友は一人も呼びませんでした。誰にも私の姓が変わったことを言っていなかった為、招待状にわざわざ旧姓を書くのも躊躇《ためら》われたし、姓が変わった説明を招待状に書くのもおかしく、逆に旧姓を書いた場合は、今度は招待する会社の人間へ説明が必要となり、それが面倒でしたから。

母も呼びませんでした。

父の再婚相手に失礼でもあり、結婚を機に、私は姓を戻さないことを決めたからです。自分の子供に同じ経験はさせたくありませんでした。母が無言の私の決意を悟ってくれたかどうかは、妹が離婚して帰ってきた時に山崎家をどうするかで口論となった際、子供の育て方を間違わなければ山崎家を守っていけると豪語する妹に、出来るものならやってみろと喧嘩別れしてから一切母とも連絡を遮断した為、確かめていません。それ以前から母とは既に数年会っていませんでしたが、山崎家のことは離婚に賛成をした妹に全て任せる決意を固めていました。

私は山崎時代の私に決別し、妻との新しい人生をスタートさせました。

妊娠に喜び、出産に涙し、子供の笑顔に生きる活力を貰いました。

仕事が忙しくて金を使う暇も無かった私は、その貯えで子供のために家を建てました。

結婚を諦めていた私が、妻という伴侶を見つけて家族が出来、一人の時より忙しくはなりましたが幸せを感じる毎日を過ごしていました。

◇◇◇

それから更に数年が経ち——。

私も学生時代の自分を忘れかけていた時、岡城高校同窓会の案内状が届きました。次の正月休みにホテルで開催すると書いてありました。

風の噂で高校の友人や同窓生が医者になったとか、親の跡を継いで社長になったとか聞いたこともありましたし、国会議員になった奴もいました。部下が横領をし、上司に見放されて出世街道から外れた私が、そんな成功者の集まりに行くかどうか迷いましたが、幼い娘が私に向ける、私を信頼しきった屈託の無い笑顔を見た時に、ふとある人のことが思い出されました。

春野桜舞。

彼女が私に向けてくれた笑顔は、私の娘の笑顔と同じでした。全ての人を魅了していた笑顔は、心の底から相手を受け入れる聖母の笑みだったのです。

そして彼女との思い出や言葉が記憶に蘇ると、忘れかけていた懐かしい甘い感情が身体を包み込みました。

あの忌まわしい高校の記憶は思い出したくもなく、その記憶に結びつく人間にも会いたくはありませんでしたが、もしかするとおはるさんに逢えるかもしれないという気持ちが湧き上がり、それが日を追う毎に次第に勝っていきました。


彼女に伝えたいことがありました。

彼女に今まで伝えられなかったことがありました。

人生最初の挫折から救ってくれたこともさることながら、貴女に認めて貰う男になりたくてこれまで日々を送ってきたのです。

貴女がいなければ私は。貴女に出逢わなければ私は、とうの昔に自分自身に潰されていたかもしれません。

彼女が私のことをどう思っていたのか、今はどう思っているのか判りません。

彼女とはあの日羽田で出逢ったきり、一度も会っていませんでした。

最後に交わした言葉があまりにも哀しく。会えたなら、そしてもしその機会が与えられるなら、私の気持ちを伝えたかったのです。

貴女には感謝していると。

貴女は私が知る女で一番いい女だと。

そして。

学生時代、私は貴女が好きだったと。

彼女と男女の関係にならなかったことも幸いでした。

蟠《わだかま》りの無い只の友人として会えるのだから。

そう考えると、もし同窓会に佐倉さんが来ていたら、お互い気まずい思いをしなければならないでしょう。その時はその場の雰囲気で対処するしかありませんが、実を言えば、佐倉さんとも話をしてみたかったです。

当時の私は彼女の気持ちも望むことも全く考えず、自分の寂しさを紛らわせることしか考えていませんでした。それに気付いたのは、妻から結婚後に「付き合っている時、アナタが私のことを好きなのかどうか全く判らなかった」と告げられた時です。私が振られ続けた理由もそのせいだと思われました。

私は意を決して出席の返信を出し、年明けの同窓会開催日に会場のホテルに行きました。

同窓会におはるさんが来ているとは限りません。

しかし彼女に私の気持ちを伝えずに人生を終えたくありませんでした。

妻のいる身である自分にとっては、当時の気持ちを伝えられるだけでいい。ただそれだけでいいのです。

私は期待と不安に包まれたまま、会場入り口で受付を済ませると、様子を窺いながら会場に足を踏み入れました。

会場には30人程の出席者が来ていました。

思っていたよりも少ないです。

県外に移り住んだ同窓生は来ていないのかもしれません。

見知らぬ顔が多い中、私は直ぐに友人と談笑しているおはるさんを見つけました。彼女も私に気付き。

「ヤマァ～！　久しぶり～」

と言いながら満面の笑顔で近づいて来ました。

驚いたことに、彼女は高校の時から全く容姿が変わっていませんでした。当時から大人びた顔つきの彼女は、この歳になっても学生の頃の印象そのままです。他の女性が年相応の老け方をしているせいか、一番若く綺麗に見えます。私は学生時代に戻ったような感覚に陥り、そして一瞬にして当時の彼女への想いが蘇りました。身体が火照り、鼓動が増した私は改めて彼女に心を奪われ、先程までの冷静さを失い、自分に妻がいることさえ忘却していました。

「どしたん？　来ると思ってなかったわぁ」

「ああ、気が向いたけえな」

「ちょっと聞いて～。私の旦那、リストラされたんよ～」

意外な言葉でした。

そんな不遇を明るく話す彼女にも驚きましたが、リストラされるような男と結婚していたことの方が私を驚かせました。彼女なら、彼女を世界一幸せにする男と結婚していると、また彼女ならそんな男と結婚するだろうと信じていたからです。今はパートまでしているとのことです。

久しぶりに逢った彼女との話題は尽きませんでした。

彼女の息子は岡城高校に入学したこと。

彼女は今もバレーを続けていること。

今でも中学の友人とも連絡を取り合っていること。

付き合いの広い彼女は色んな情報を持っていました。

不動は運送会社の社長になっていました。

そしてよく知る友人が亡くなっていることも知り、驚きました。

ケンさんが病死していました。同じバレー部では唯一猛者軍団の一員で、あんなに活発だった彼が？

松嶋さんは自殺していました。弟の手を引いて登校するような優しくてあんなに明るかった彼女が？

おはるさんは葬儀にも行っていましたが、私にはそんな連絡も来ませんでした。

話は尽きませんでしたが、宇神が会を始めると合図し、皆席に着きました。

会は和やかに進み、皆久しぶりの再会に喜び、近況を話し合いました。

地元の医大を首席で入学した沖さんは院長になり、宇神は地元の銀行の支店長になっていました。柔道部主将だった田村は転職を繰り返す生活を送っていてそれを楽しんでいたり、その他にも会社勤めでは無く自分が好きなことをやっている奴も結構いて、大工になっているという女性もいました。

おはるさんの姿を時々確認していましたが、女友達と楽しそうに話しており、私の気持ちを伝えるような雰囲気ではありませんでした。

場所は2次会に移り、その店も同窓生が料理人兼経営をしている店でした。そのため会費は格安で先払いでした。

ここでもおはるさんと二人きりで話す機会はなかなか訪れません。

暫く席を入れ替わってようやくおはるさんの近くに座れた頃に、遅れてやってきた男が当たり前のようにおはるさんの隣に座り、再会した友人達に言葉をかけてきました。イヤに格好いい男です。こんな男であれば高校時代に目立っていたはずなのに、私には全く記憶にありません。その男は周りの同窓生と握手しながら再会を喜び、私に手を伸ばしたところで何故か動きが止まり、

「何かヤバい気がするなぁ。やっぱ、止めよ」

と言って手を引っ込めました。

初めはその男も周りの全員と話していましたが、気付くといつの間にかおはるさんと二

人で話していました。私は他の友人と話しながら、二人の会話に聞き耳を立てていましたが、次の言葉に私は驚きました。

「ようやくお前の家に行くことが出来たのに、お前、雅也を呼んどるけえのぉ」

そう言われたおはるさんは、はにかんだ表情を浮かべます。

私は彼女の家に行ったことがありませんでした。

「お前、計画的じゃったろ」

「そういうあんたも直ぐに里美と付き合ったやん」

里美も山下中出身です。女性らしくお淑やかで美人な娘でした。

おはるさんは、今も時々里美と会っていて、里美が現在は離婚していると言い、

「あんたが振ったりするけん、里美、男運が悪《わ》りくなったんやん」

二人の会話は盛り上がっていました。

終始学生時代の思い出話をしています。

私は全く知らないことばかりだったので、会話に加わることも出来ませんでした。

「お前……いい女になった」

突然その男がおはるさんを見つめてそう言いました。

おはるさんは恥じらいだ表情を浮かべ、少し俯きました。

唖然《あぜん》としました。

それは私が言おうと思っていた言葉です。

それをこの男は、いとも簡単に言ってのけました。

私は、今話をしている友人との会話も耳に全く入ってこなくなりました。

目的を失い、挫折感を味わった私は、煙草を吸う為に店を出て、暫くそのままどうするか迷っていましたが、煙草を灰皿に捨てると踵《きびす》を返して帰路につきました。

1月の空気は寒く、寒風の中を歩きながら、昔と変わらぬ自分に呆れていました。

あれだけ長い時間同じ空間にいたのに、遅れてきた男に先を越された自分に嫌気がさしていました。

恐らく私は、彼女に自分の想いを告げられぬ運命《さだめ》なのでしょう。

彼女とは、学友の一人としてしか認識されない仲なのでしょう。

私が死ぬまで。


——初恋の君は、遥かに遠く、我の手は届かない。鏡花水月の如く——。

そんな言葉が脳裏を過ぎり、私は家族が待つ我が家へと戻っていきました。

＝＝＝＝＝＝＝＝＝＝＝＝＝＝＝＝＝＝

正月休みも明けて、私は何時もの生活に戻りました。

仕事のストレスとの格闘の日々に。

「パパ、ただいまー」

玄関を開けると、娘が待ちかねたように笑顔で駆け寄ってきます。

「ただいまじゃないでしょ？　おかえりでしょ？」

「おかいりー」

駆け寄ってきた娘を私は抱きしめました。娘は声を出して笑いながら、

「ぱぱ、だーいしゅき♥」

妻でも言ってくれたことがない言葉を、彼女は躊躇《ためら》いもせず言います。

「じゃあ、ママとパパはどっちが好きなの？」

「両方！」

娘は間髪入れずに答えます。

ある意味意地悪なこの質問に、私は彼女が困惑し、言葉を詰まらせると予想していました。私はそうでしたから。しかし彼女は私の予測したモノを上回る回答を、躊躇《ちゅうちょ》無く答えました。それが当たり前のようにあっさりと。

思わず私は声を出して笑い、仕事で強張《こわば》った体が弛緩《しかん》する心地よさを感じました。

仕事は忙しいが、家に帰れば家族がいる。優しい妻と明るい我が子が私の疲れを癒やし

てくれる。

私は今の生活に何の不満もありませんでした。

問題は私自身にありました。

◇◇◇

家族が寝静まった後に私は独り書斎にいました。

エリック・サティのジムノペディ第一番が流れる部屋で、私は机に向かってキーボードを叩いていました。この曲は中学の頃に聞いていたスネークマンショーでBGMとして流れていた曲。当時は曲の題名も知らなかったどころか、クラシックの名曲だと言うことも知らず、識《し》ったのはつい最近です。刻がゆっくりと流れるような世界をくれるこの曲を聴きながらノスタルジックな気分になるのも、中学生だった頃の自分を、その時の感情を思い出すせいかもしれません。

これまでも独りになった時にふと、これまで自分に起こった出来事や、出逢った女性達のことが脳裏を過《よ》ぎることがあります。

私は彼女達との出逢いを、その時の想いを思いだし、感傷に浸りながら人生を振り返ります。

そして今こうして家族を持つ父親になったことに不思議な気分になるのでした。

あれ程結婚しないと誓った私に子供までいる。

子が成長するにつれ、彼女には自分の夢を追いかけて欲しいと思うと同時に、果たして自分はどうなのかと、自問自答するようになりました。

やりたいことをやる前から諦めていなかったか。

自分は、自分の為に生きてきたか。

そして自分は、死ぬ時に悔い無くして死ねるのか。

祖母の声が聞こえたような気がしました。

夢を一生追いかけて、夢叶わずにそのまま死を迎える可能性もありました。それは愛する妻や子供と出逢うことの無い人生になっていたかもしれません。しかし夢を追う人生を選んで、もしそれが成功していたら？　その可能性もゼロでは無かったはずです。つまり自分は自分に自信が持てず、安全な道を選ぶという妥協をしたのです。今となってはどちらが正解だったのか確かめる方法も時間もありません。どんなに仕事がきつくても、今の状況は自らが選択してきた結果で、その責任は自分が負わなくてはならないし、家族を巻き込むことは出来ません。

私も部下を持ち、事業部の採算に責任を負う立場になってようやく、部下を扱うことの難しさと、事業部存続責任の重さを知りました。部下にはノルマを達成したら食事会を開いて労ったりしました。僅かに残っていた結婚前の口座から金を下ろして。しかしそれから部下達は、仕事を依頼する度「奢り」を催促してきます。上司に反発することが格好いいと思っているのか、事ある毎に反対意見を連発します。私もそうだったから怒れません。

もし怒れば昨今ではパワハラと言われるのです。

管理職にはなりましたが、私は完全に出世コースから外れていました。

始まりは親会社から来た副部長との出逢いでしょう。

まだ平社員だった私が一通り開発業務をこなせるようになった頃、部長から歴代前任者達が10年近く取り組んだ開発を任されました。根本的に設計を見直し3年掛けてようやく性能を満足する物が出来、自ら営業して顧客と共に検証と改良を重ねさらに3年。やっとお客様から導入の方向へと話が進み、さあ量産化だと言う時期にその人物はやってきました。新しく親会社から来た副部長に製品の内容説明と予算申請したら「クレームになったら君は家を売る覚悟はあるの？」といきなり脅され、事業部会議で問題点ばかりの資料を作らされ、説明をさせられました。客先とはその問題点についても性能とコストを満足していれば良いと合意していたのにもかかわらずです。部長は反対しましたが次期部長である副部長の意向に皆が沈黙したため結局製品化凍結となり、年間数億の案件を潰された上、お客と下請け会社に謝りにいかねばならない羽目になりました。しかも数年後他社が製品化し、当社製品の代替品であったので部は大慌てです。更にはその他社製品には一つの問題点があることを、私は自分の検証結果から識《し》っていたのでそのことを進言しようと提案しましたが、他社製品に難癖をつけることは出来ないと却下されました。副部長が左遷的に当社に来たと判ったのは、彼が定年退職した後でした。

開発案件数件をその副部長から潰された私は実績も無く、上司にゴマを擂《す》るような器用さも持ち合わせていませんでした。出世していく奴らは休日にゴルフで上層部の人間とコミュニケーションを取っていましたが、「私、ゴルフする人、嫌い」の言葉に出遅れ、結婚後は妻に無駄金だと言われました。また高校卒業時に感じた予想も当たっていたようで、社長からも「本城君はどうして何時も震えてるかなぁ」と問われました。

加えて部下の横領が決め手となったのです。

私が会社に入った目的は出世では無く、この世に自分の痕跡を製品として残したかったからでした。

女性は子を産み、明確に自分の生きた証《あかし》をこの世に残せます。しかし男は出来ませんですので出世のために頑張っている訳でも無い私の足を引っ張ろうとする輩《やから》が存在することが、この上ないストレスでした。

最近では、楽しかったはずの昔の記憶がふと思い出されても、何故か罪悪感にも似た気分に襲われ、落ち込むことがありました。

私は気管に違和感を覚え、軽く咳をしました。

軽い咳のつもりが喉の違和感は更に増し、咳が止まらなくなります。あまりに激しい咳に胃液が逆流し、それを慌てて飲み込むと胃酸に焼けた気管が刺激され、さらに咳が激しくなります。胃が嘔吐の悲鳴を上げても咳は止まりません。息を吸うことが出来ず、呼吸困難と血圧の上昇で意識が遠のき椅子から滑り落ち、床が額を叩く寸前、ようやく咳を止めることが出来ました。

急いで息を吸い込みます。流れ込んでくる大気が気管を刺激しむず痒く、暫く私は嘔吐感と咳の再発を我慢しながら荒い息を整え、四つん這いの姿勢で意識が戻ってくるのを待ちました。

最近、咳が止まりません。

運動もせず、煙草を吸いながら机の前に座り続けたせいでしょうか。

肺癌で死んだ元上司も、こんな激しい乾いた咳をしていました。

鳩尾《みぞおち》から食道までの違和感は次第に左顎まで広がり――。

突然、槍で突かれたような激痛が、鳩尾から背中にまで貫通しました。

あまりの痛さに息が出来ません。

声が出ず、助けが呼べません。

生まれてから私の身に起こった数々の出来事が視界を過《よ》ぎり。

これまで出逢った人の顔が現れては遠ざかります。

次第に感覚が消失して、意識が薄れていきました。

（死ぬのか……）

最後に浮かんだその言葉が木霊し、強烈な孤独感に包まれながら、私は世界と繋がる糸が……プツ……と、千切れてゆく感覚に落ちていきました。

（ん……）

……白い……。

（どこだ……）

そこは白く眩い世界でした。

体を浮遊感が覆い、感覚も、思考も遥か遠くに感じ。

音も。

匂いも。

何も無い世界に私は包まれていました。

（ああ……）

私は、気付きました。

（解放されたのだ……）

此処には何も無い。

人との煩わしさも。

刻の経過に追われることも。

我が身の煩悩に苦しむことも。

そしてそれを悔やむことも。

家族に会えないのは寂しいですが、ローンは無いので彼女達なら私の生命保険で何とか暮らせるのではないでしょうか。

今はただ、この心地よさを味わいたかった。

眠りにつき、思考さえ止めてしまいたい。

心地よい惰眠に身を任せようとした私の耳朶に、懐かしい声が聞こえてきました。


（……かないで……）


誰だろう……。

けして忘れてはいけないはずなのに、声の主が思い出せません。

折角永遠《とわ》の安穏《あんのん》をやっと手に入れたのに、声の主の名前を記憶から探し出す作業を、その声が止《や》めさせないのです。

純白の世界が、ゆっくりと消えていきます。

開ききった瞳孔に差し込んでいた光が和らぎ、天井の灯りが見えました。

その瞬間、娘の泣き叫ぶ声が飛び込んできました。

私はふらつく体を支えながら隣の寝室のドアを開けると、娘をなだめる妻が驚いて振り向きます。

妻に抱かれた娘が、私に向かって手を伸ばし、泣きじゃくりながら叫びました。

「ぱぱ！　いっちゃダメぇ！」

そう言うと、娘は何事も無かったように妻の肩に顔を埋《うず》めてゆきました。

＝＝＝＝＝＝＝＝＝＝＝＝＝＝

川面は、キラキラと光を煌めかせていました。

娘が投げ入れる石粒が、波面を揺らめかせます。


あの後娘は、直ぐに妻の肩に顔を伏せて寝てしまいました。

妻は娘の背中を軽く叩きながら、ゆっくりと娘をベッドに横たわらせ、私が書斎から出てきたことに驚いたようでした。妻は私が布団の中で熟睡していると思っていたそうです。

妻が言うには、娘は突然起き上がり、意味の判らない言葉を寝言のように叫び始めたそうです。

私は階下に降り、暫く考え込んでいました。

あの心地よい世界は何だったのかと。

暫くして、朝の用意のために起きてきた妻に、今日は会社を休んで病院へ行くと告げました。

自分で妻に告げながら、ああそうか、私は病院へ行くのだな、と思いました。病院へ行くことよりも、今日は会社を休みたかっただけだったからです。

病院での検査結果では異常は無く、念の為とニトロを4錠渡されました。

家に帰ると、娘が喜んで走ってきて、川に行きたいと言いだしました。


二人で川まで行き、私は優しい寒風と陽光を浴びながら、娘が川に小石を投げる後ろ姿を見つめていました。

母は再婚相手の死後、遺産が全く無かったせいで、あの忌わしい家を売り払いました。

思春期を過ごした場所を失った喪失感。

会社生活を続けていくことで、日々増えていくストレス。

自分の価値の低さに消滅したくなる絶望感。

――解放されたい――。

穏やかに流れて光る水面を見つめながら、そんな気持ちが湧き上がってきました。

あの心地よい世界に、永住したい。

娘の声が耳に入らなかったら、そうなっていたのではないのか。

ただ生きているだけならこんなに世界は穏やかなのに、一体私は何処で間違ったのだろう。

私は、再び自分が歩んできた過程に思いを巡らせました。

昔の出来事が一瞬前の事のようにも思えるし、遥かな時間を経た事のようにも思えます。

時間という概念は生きているからこそ感じられます。

物体が、人が、天体が動いているから刻は進みます。刻が止まれば物が静止するのでは無く、全ての物体が静止したなら、刻の経過は生じないのです。一見静止しているように見えるこの宇宙でさえ、今この瞬間も膨張を続けているから、つまり動いているから刻は進みます。ビックバンという爆発の速度を維持したまま広がる宇宙も、やがて膨張速度は緩慢となり、静止するでしょう。

その時を静止とみるのか、世界の終焉とみるのか。

膨張はやがて収縮に変わり刻は逆流します。その膨大な質量は極限まで圧縮され、そのエネルギーにより再度ビックバンを起こし、再び刻が動き出します。その際僅か一つの粒子の動きが数漠秒遅れたとしても、その宇宙の歴史は少し変わるでしょう。それが並行世界、パラレルワールドではないのでしょうか。

この宇宙開闢《かいびゃく》と終焉が無限に繰り返されているのであれば、私達は無限かつ様々な人生を生きている事になります。並行世界を移動すると言うことは不可能と思える程困難なことのようですが、考えようによっては至極簡単なことなのかもしれません。時間軸を無視して平行世界を広げてみると一本となり、そこには違う人生を生きる私も存在し、既に私はそれを経験しているのかもしれないのだから。

死後に別世界へと次元が移れば、もしかすると全ての経験を思い出すのかもしれません。

しかし、今この世界で生きている私には、これまで経験した記憶しかありません。

過去の自分を振り返ってみると、なんと無様な生き方をしてきたのだろうと思い知らされます。

出逢い。そして別れ。

その度に喜び、そして苦悩し、かつ何時までもそれを引きずる私。

あまりにも女々しい自分が情けなくなり、激しい自己嫌悪に襲われました。


「死のうか……」

それは予《かね》てより計画していた想いが、口から漏れた瞬間でした。


「パパー、あたし、出来たー」

響いてきた幼声《おさなごえ》に我に返ります。

娘が小さな歩幅で駆け寄ってきます。

笑顔で近づいて来て、倒れこむように私の胸に飛び込みながら、

「りさ、パパがしゅきー」

と言いました。

それを聞いた私は腕を緩め、満面の笑顔の娘にこう尋ねます。

「リサちゃんは、どの位パパが好き?」

「リサ、ずぅーとずぅーっとパパがしゅきぃ!」

彼女は「いっぱいいいっぱい」と言いたかったのでしょう。

しかし私は、その瞬間に世界が一変するような感覚に包まれました。

彼女の「ずぅーっと」と言う言葉を、私は「永遠に」との意味として感じ取ったのです。

会社から帰って来た私に駆け寄ってきて、満面の笑みで「ただいまぁ〜」と迎えてくれる娘の顔が浮かびます。

思えば、かつて娘以上に純粋に、そして情熱的かつ何の打算も無く、私という存在を強く求めた人がいたでしょうか。私を信頼しきった笑みを浮かべる娘から、どれだけ癒やされると共に自信と活力を貰ったでしょうか。

女性不信の私が結婚したことだけでも奇跡と思っていたその先に、貴女がいた。

《この子との出逢いが一番の奇跡なのかもしれない——。》

彼女の笑顔を見つめながら、私はそのことに気付きました。

そうか――。

この子に出逢うために、私は生まれたんだ……。


いずれ、どんなに抗おうとも、死という別れが来ることも判っています。

その前に、嫁いでゆくという別れもあるでしょう。

しかし一生縁の切れることの無い出逢いを、遂に私は得たのです。

そのことに気付いた私は、運命が紡《つむ》いだこの出逢いに驚き、別れの辛さや生きていくことの辛さが、彼女の一言によって霧散してゆきました。

無償の愛というものを既に一生分受け取っていたことを識《し》り、取り憑いていた死に神からも解放してくれたことに気付き、これからの人生は貴女に愛《それ》を返すために生きるのだと悟りました。

この先にも数々のドラマが待ち受けていることになるのですが、彼女との出逢いにより「死ぬまで生きる目的」という安穏を得ることが出来たのです。

水面の煌きの如く微笑む娘に、私はこう思いました。

あなたが生まれてきたくれたことに。
あなたとの出逢いに。
過去の全てが無駄ではなかったと教えてくれた貴女に。
言葉にならぬこの想い全てに。

ありがとう――、と。

完

この物語を、今、生きることに苦しんでいる娘へ。

著者プロフィール

館野 伊斗（たての いと）

サイエンス・フィクションをメインに執筆活動しています。
イメージをイラストに描いて文章にする、という手順をとっていまして、本書は花弁（表紙絵）をイメージしながら書きました。

出逢い

～いつか貴女に伝えたい。この奇跡と感謝の気持ちを～

2024年10月15日　初版第１刷発行

著　者　館野 伊斗
発行者　瓜谷 綱延
発行所　株式会社文芸社
〒160-0022　東京都新宿区新宿１－10－１
電話　03-5369-3060（代表）
03-5369-2299（販売）

印刷所　株式会社暁印刷

ISBN978-4-286-25556-9